U0662352

诗
想
者

HIPOEM

生 活 ， 还 有 诗

回不去的
故乡

江少宾　　　　著

GUANGXI NORMAL UNIVERSITY PRESS
广西师范大学出版社
· 桂林 ·

策 划 人/ 刘　春
责任编辑/ 郭　静
责任技编/ 李春林
内页插图/ 江少宾
装帧设计/ 唐秋萍

图书在版编目（CIP）数据

回不去的故乡 / 江少宾著．—桂林：广西师范大
学出版社，2020.7
　　ISBN 978-7-5598-2839-2

　　Ⅰ．①回… Ⅱ．①江… Ⅲ．①散文集－中国－当代
Ⅳ．①I267

　　中国版本图书馆 CIP 数据核字（2020）第 087808 号

广西师范大学出版社出版发行

（广西桂林市五里店路 9 号　邮政编码：541004）

网址：http://www.bbtpress.com

出版人：黄轩庄

全国新华书店经销

广西广大印务有限责任公司印刷

（桂林市临桂区秧塘工业园西城大道北侧广西师范大学出版社

集团有限公司创意产业园内　邮政编码：541199）

开本：890 mm × 1 240 mm　1/32

印张：7.75　　字数：170 千

2020 年 7 月第 1 版　　2020 年 7 月第 1 次印刷

定价：52.00 元

如发现印装质量问题，影响阅读，请与出版社发行部门联系调换。

目　录
Contents

风吹落日

失窃的村庄

那两瓶好酒，父亲在五斗橱里珍藏了十几年。那件五斗橱的年纪比我还大，已经老成古董了，外表黯淡无光，里里外外散发出深重的腐朽气息。父亲在五斗橱的几层抽屉里，横七竖八地塞满了陈年的衣物，那两瓶好酒，藏在最上一层抽屉的最里面。父亲以为，家里即便进了贼，也翻不到那个隐秘的角落。那个隐秘的角落，应该是家里最安全的。谁知道，父亲的如意算盘还是落空了，贼不仅搬走了家里的电饭煲和煤气罐，拿走了一盒茶叶，掏走了十几枚硬币，还翻到了那个隐秘的角落！除了一台电视机，家里凡是能吃和能用的，贼都搬走了，包括一小袋父亲落在家里的花生米。后门上的暗锁其实已经坏了，但暗锁还搭在门扉上，看上去仿佛还是好好的。太可恨了！父亲气得咬牙切齿，却又无计可施。荒凉的老屋已经成了蝙蝠、蛇、蜈蚣和壁虎的巢穴，但它们都伤害不了那个贼。在岁月一样荒凉的牌楼，那个贼可以堂而皇之地点亮我家所有的电灯，如果他愿意，他还可以烧一壶开水，泡一杯茶，然后喝两杯父亲的好酒，慢条斯理地品尝父亲落下的花生米。事实应该就是如此，餐桌上的灰尘里，还裹挟着几小片花生米憔悴的外衣。

那个夜晚的贼已经不是一个贼了，他是一个偶然路过的客人，沉寂的牌楼之夜因为他的光顾，反倒多了一些微妙的生气。牌楼只有永昌家养了一条大黄狗，它是全村十几名老人共同喂养的宠物。它也因此有了十几个名字，老人各叫各亲，这个叫它"小二子"，它伸伸懒腰，眼睛眯开一道缝；那个叫它"大盆子"，它也伸伸懒腰，眼睛眯开一道缝……在漫长的岁月里，正当盛年的大黄狗太孤寂了，它活成了一个懒得生蛆的"狗皇帝"，人来不叫，畜来无惊，光亮的毛发像一匹翻滚的缎子。永昌家离我家只有五十米，但"狗皇帝"的嗅觉已经失灵了，也或许没有失灵，它只是不能分辨这个夜晚进村的人，究竟是不是一个贼。"狗皇帝"只熟悉十几个留守在家的老人的气味。其他的乡亲走了又来，来了又走，比如我父亲，一年回去两三趟，"狗皇帝"就辨不出我父亲的气味。"狗皇帝"毕竟也是狗。一开始，看见生人进村，"狗皇帝"声嘶力竭，准备冲上前撕咬，但很快就被呵斥住了。老人们兴致勃勃地望着来人，眼巴巴的样子，欲言又止，漫长的下午终于有了新谈资。村前的那条机耕路像一条冬眠的蛇，一动不动，偶尔，终于走来几个拾荒的外乡人。外乡人走到牌楼就不想再走了。牌楼是一座洞藏的金矿，这座洞藏的金矿毫不设防地敞开着大门，四处漏雨，八面漏风。外乡人向东家讨一碗水，又向西家讨一顿饭，吃吃喝喝之间，就摸清了牌楼的每一个角落。作为交换，外乡人也会给老人们讲一些外面的事情，添油加醋的，捕风捉影的，前言不合后语的，但老人们听得津津有味，浑然不觉。老人们的耳朵已经被村子里那些陈年的琐事磨出了厚厚的老茧，忽然听到新鲜事，根本来不及过脑子，也顾不上过脑子。这时候，老人们脸上的笑容又醒了过来，外面的世界还生机勃勃地活着，他们也还生机勃勃地活着。这时候，外乡人也就不是外乡人了，是外面的世界派往小村牌楼的信使。慢慢地，"狗皇帝"也就懒得再叫了，叫了也是白叫。"狗皇帝"清醒地意识到，自己寄生的这一块土地并不需要一条看家护院的狗，只要是一个会喘气的活物就行了。作为家禽的鸡、鸭、鹅，作为家畜的牛和猪，早就从牌楼消失了，老人们连一日三餐都懒得料理。"狗皇帝"的吃喝拉撒不需要料理，整个牌楼，都是它的皇家庄园；牌楼的所有厕所，都是它的私有领地。作为一条狗生活在牌楼，只能是皇帝，或者皇后。

"狗皇帝"也幻想过三妻四妾的生活。但方圆数里，"狗皇帝"找不到一个自己的同类，它偷偷地跑出去巡视过五六次，最后又没精打采地溜了回来。发情的"狗皇帝"懂得羞耻，它远远地蹲在地上，狂躁地吠叫，裸露着猩红的鞭子。寡居的桃花满面绯红，她一面瞟着狗鞭，一面大声呵斥："叫魂啦，到别处叫去！"老人们心知肚明，装作没有看见。忍忍也就过去了——守寡的女人得忍，发情的狗当然也得忍，有什么呢。

我们都主张报警。父亲在电话里笑了："报了也是白报。"辖区将近十万人口，但辖区派出所只有八名干警，许多年了，除了杀人放火之类的恶性案件，民警们从来没有进过村。就算立了案又能怎么样呢？在乡下，类似的偷盗案时常发生，他们也忙不过来。那些以拾荒为名的外乡人白天踩点，晚上进村，大张旗鼓，旁若无人。去年正月，邻近的一个村子发生了一起"著名"的盗抢案。盗贼进村时还是上半夜，老人们正聚在一起打麻将，打着打着屋后就传来异样的响声。一名围观的老人拉开后门，昏黄的灯光里，走着几个拎着大包小包的陌生人，其中一个人肩上扛着一只煤气罐，嘴里还叼着一根烟。老人立马明白了过来，他刚想喊人，就被扛煤气罐的威逼住了："你叫，老子砍死你！"老人们闻声涌向后门，盗贼并没有落荒而逃，而是不紧不慢地扛着煤气罐，大摇大摆地拎着大包和小包。家里被洗劫的那位老人拿起了菜刀，老人们则齐心协力地拉住了他的胳膊。"不能出去啊！"老人们异口同声，"千万不能出去啊！"势单力薄的老人自知不是盗贼的对手，眼睁睁地看着盗贼扬长而去，捶胸顿足，呼天抢地。

儿女们候鸟一样远走高飞，正月里留下的钱财，勉强可以维持老人一年的生活。现如今，老人的生活已经碎了，漫长的年月成了枕边那一团漆黑的夜色。那天晚上，留守在家的老人都没有上床，他们陪着老人聊天，把陈谷子烂芝麻的事都聊尽了，一直聊到东方既白。天亮的时候，这一家给老人端来了一斗米，那一家给老人拎来了一瓶菜籽油，还有的给老人送来了一刀风干的咸肉……老人整天躺在床上，虽然没有像大家担心的那样寻了短见，但那种清汤寡水的日子，也让一个村子的老人都充满了自责。事实上，在那个劈面相遇的瞬间，没有人敢和盗贼短兵相接，自保，是老人们唯一的选择。或许，也是最明智的选择。

老人们的担心并非多余。那个盛夏的正午，胡家二娘和老伴像往常一样躺在床上，吹着电风扇。半梦半醒之间，二娘隐约看见一个"年轻人"站在床边。她瞬间惊醒了过来，那个"年轻人"正在老伴的枕头下摸索。二娘刚刚叫了一声，就被"年轻人"掐住了脖子。等老伴被二娘挣扎着踹醒时，二娘的脸已经失了色。"年轻人"消失了，同时消失的，还有老两口藏在枕头下面的八百多块钱。这八百多块，浓缩着老两口一生的心血。这个穷凶极恶的歹徒，不仅撕裂了一对古稀老人的念想，还制造了小村牌楼有史以来第一宗悬案。惊吓过度加上对漫长岁月的绝望，失窃之后的二娘最终撒手人寰。人命关天，性质变了，频繁失窃的村庄终于诞生了第一宗大案。遗憾的是，老伴未能提供那个"年轻人"的具体线索，包括大致的身高、年龄和体貌特征。几名目击证人的描述又相去甚远，有的说嫌疑人瘦高瘦高的，也有的说嫌疑人既矮又胖，还有的说嫌疑人"最多只有十四岁"，罗圈腿……这些似是而非的信息让民警们一头雾水，他们从村东转到村西，又从村西转到村东，结果一无所获。他们当然一无所获——第一现场已经被严重破坏，方圆几十里没有一个监控，甚至没有一个确切的目击证人。二娘的死亡于是成了一宗无头案。

如今，五六年过去了，大家差不多已经忘记了胡家二娘。在乡下，非正常死亡的老人不胜枚举，大家已经习以为常。

时间和声音

失窃之后，父亲索性不再添置家什，甚至没有置办日常生活必需的电饭煲和煤气罐。父亲一年只回牌楼两三趟，每一次回去都是客，中午在这家吃一顿饭，晚上在另一家喝一杯酒。留守在家的老人当然没什么好招待的，但对于父亲来说，能坐在一起说说话，就是最好的招待了。久居合肥的父亲念着那一份旧情，村里健在的老人已经越来越少了，还能坐在一起说说话的老人则更少。在生活深重的折磨和年月长久的沉默里，"啊？""哦！""嗯。""哎……"成了老人们的日常用语。老人们仿佛失去了言语的能力，常常是说了上一句，又忘了下一句，只好大量使用感叹词。在牌楼，"啊""哦""嗯"和"哎"有许多种意思，五花八门，形形色色，在某些特定的场合，又能表示同一个意思。比如某个老人突然走了，第一个传达消息的人总要缀上一个叹词"哎……"；第二个听说的老人惊得站起来，牙齿关不住风,于是"啊?"了一声;传到第三个老人的时候,老人其实已经在心里震惊过了,于是报以一声短促的"哦!";传到第四个第五个第六个……老人们不仅已经震惊过了,还在一起感叹过了,于是默默地点了点头:"嗯。"像是说了,又像什么也没有说。

好在父亲也是一个寡言的人,坐在老人们中间,父亲可以和老人们一样久久沉默。在时光一样盛大的沉默里,老人们和父亲的脑海里都在过电影,牌楼的人和事在老人们和父亲的脑海里轮番上映。父亲和老人们的脑子是往一处想的,比如老人们想到了村书记,当了半辈子的书记,半辈子都是笑眯眯的,父亲也就想到了村书记。晚年的村书记得了肺癌,大口大口地吐血,吐了三个月,终于不吐了……老人们想到了东成大嫂,东成大嫂瘫痪在床,下身生了蛆,白森森的,裸露着两根大骨头。父亲也就想到了回家那天,东成大嫂突然走了,走得正是时候……想到最后,父亲和老人们一起想到了二十里外的公墓。一想到今后大家都要"过火烧",都要躺在那个巴掌大的匣子里,父亲和老人们这才唏嘘了起来,脑海里的电影于是提前谢幕了。老人们以为,父亲常年生活在省城,应该有机会接触省长、书记,或者掌权的大干部,于是便一起望着父亲:"就没有转圜的余地了?"这句话,老人们谁都没有说出口,但老人们已经通过自己的唏嘘声,把这句话递给了父亲。父亲久久没有说话,只是重重地叹了一口气。老人们都听懂了父亲的叹息,他们抬头看了看天,低头看了看地,接着就盯住了"狗皇帝"。

"狗皇帝"卧在门槛石边上，巢山上的夕阳，镀亮了狗头上油腻腻的毛发。同样生活在牌楼，但"狗皇帝"的生和死，都比老人们幸福——生，不愁吃不愁喝，也不曾有过病痛的折磨；将来就是死了，也肯定会有人把它扛上巢山。巢山上不许埋人，但谁也没有说不能埋狗。

"狗皇帝"虽然生活在牌楼，但事实上，它是活在另一个世界里。时间像一个长途奔袭的老人，奔到牌楼，奔不动了，于是索性在牌楼停了下来——有时候停在巢山上，有时候停在树梢上，有时候停在门槛石上，有时候停在田埂上，有时候又停在某个老人的头上……巢山黄了又绿了，树梢黄了又绿了，田埂青了又黄了，门槛石上的灰尘又增加了一寸，老人的头发终于白完了最后一根——时间是个神奇的魔法师，它既是冥想者，也是创造者，它用自己的冥想，一点一滴地、不动声色地修改着小村。牌楼的时间还是一个热爱自画像的画师，老人们在它的修改里，成了另外一个人，牌楼在它的修改里，有了另一副面容。老人的面容和牌楼的面容，最后都成了时间的面容。只有"狗皇帝"例外。许多年了，"狗皇帝"并没有显出应有的老态，这条养尊处优的"狗老人"，仿佛生活在时间之外。或许，属于狗的是另一种时间，属于城市的也是另一种时间，它们都是年轻的时间。它们精力旺盛，像是喝了一海碗鸡血。属于牌楼的时间没有鸡血，它像牌楼的老人们一样，日薄西山，苟延残喘。

和老人们的"啊？""哦！""嗯。""哎……"一样，牌楼的时间也有自己的声音。清晨，时间的声音是"嘟—嘟—嘟"，每一声都是同样的分贝，每一声之间的间隔几乎一样长。这是早起的冬至大爷拄着拐杖，领着"狗皇帝"去破罡街上的老杜茶馆喝早茶。说是去喝早茶（老杜茶馆里常年免费提供一种野茶，梗粗，叶阔，味苦），其实是冲着春卷去的。老杜茶馆里的春卷闻名已久，面皮香而脆，内馅细而酥，牌楼的老人都好这一口。方圆数里，像冬至大爷这样雷打不动、坚持去喝早茶的大爷极为罕见，一来固然是心疼钱，二来是老人们已经慵懒惯了，实在不愿意早早地爬起来，呼哧呼哧地走两里多路。冬至大爷不怕走路，他有拐杖呢。关键还不是拐杖，关键是拐杖上还雕了一个呼之欲出的龙头。这就稀罕了，方圆数里，找不到一根同样的拐杖，老人们的腰就算弯到了地上，也很少有人舍得花钱买一根拐杖。老人们大多拄着一根棍子，巢山上有的是松树，随便砍一根枝丫下来，剥皮去叶之后，就是一根舒适的拐杖。老人们活了一辈子，活到后来就活成精了。在老人们看来，冬至大爷虽然风风光光地活了七十多年，腰都快弯到了地上，但其实还是没有活明白——他对"活"的要求，还停留在雷打不动吃春卷、享受一根龙头拐杖的低级层面。冬至大爷倒不计较这些，隔三岔五地，他还会带两根春卷回来，第一个看见了谁，就从怀里摸出来："我一路焐着呢，趁热吃。"那个有口福的人于是趁热吃了，一边吃一边疑惑，这个老家伙，怎么就有这许多闲钱呢！

到了中午，时间的声音是"噼啪、噼啪……"这是柴火在土灶里崩裂的声音。巢山上的灌木和野树已经长疯了，到了深秋，满山都是枯枝败叶，老人们于是一把把地拾了来，晒干了就是上好的柴火。除了卧室，其他的房子都被老人们堆成了柴屋，晒干的柴火一摞一摞地码上去，码到老人们够不着为止，码到差不多就要塌下来为止。老人们已经砍不动柴火了，也懒得砍，做饭都是整根整根地烧，前半截已经烧成了炭，后半截还杵在灶外面。一顿饭，一根柴。烈焰的温度让把柴的老人昏昏欲睡，烈焰在灶台里"噼啪、噼啪"地舞蹈，舞着舞着，菜就焦了；蹈着蹈着，饭就煳了……刮西北风的时候，天寒地冻的时候，"狗皇帝"也喜欢卧在灶间取暖。这个狗东西，真会享福，猛然醒过来的老人，时常会忍不住踢它一脚。狗东西呜咽一声，委屈地摇了摇耳朵。对于老人们突如其来的惩罚，"狗皇帝"从来没有计较过，它知道，老人们的心里窝着一团说不出的苦，有苦却没处说，只好踢自己一脚。

黄昏的时候，时间的声音是倦鸟归巢的叽叽喳喳声。在牌楼，麻雀、乌鸦、灰喜鹊是最常见的三种留鸟，它们数量繁多，生殖力旺盛，几乎每一棵树上都有它们精心编织的窠。鸟雀也不甘寂寞，天长日久地生活在牌楼，它们已经厌倦了这种单调的日子，一早出门，直到夕阳西下，才心不甘情不愿地飞回来，飞回来也不急于进窠，还要站在树枝上，互相交流外出一天的收获。于是，麻雀、乌鸦、灰喜鹊分别占据了三棵树。麻雀聊麻雀的，乌鸦聊乌鸦的，灰喜鹊聊灰喜鹊的。鸟类还没有推广"普通话"，有的只是"方言"，麻雀的方言乌鸦听不懂，乌鸦的方言灰喜鹊也听不懂。各说各的。如果仔细分辨，你会发现每一棵树上都有一只领头鸟，群鸟以头鸟为中心，散布在四周，听从它的号令。偶尔也有一两只不安分的雏鸟在枝丫间飞来飞去，头鸟便会大声示警。

在牌楼，灰喜鹊最受欢迎，在牌楼人的意识里，灰喜鹊总会带来喜讯，是"喜鸟"；而麻雀是"四害"之一，喜欢在地上啄食，随地大小便，是"害鸟"；乌鸦最不受欢迎，是"丧鸟"，牌楼人相信，只要乌鸦一聒噪，村里肯定会死人。此说当然荒谬，没有科学依据，奇怪的是，这种说法居然也能够得到部分印证。在旧作《倦鸟》里，我曾这样描述过二爷的丧事：

> 我所见过的最为豪华的丧事发生在1987年，那是二爷的丧事。二爷活了一大把年纪，是村子里最耐活的老人之一，有好几回，剧烈的哮喘差点让他断了气，但不久之后，他又神奇地好了起来，准备好的丧事变成了喜事。二爷"复活"总有喜鹊的叫声为伴，以至后来二爷一断气，二娘就满世界去找喜鹊，村里的媳妇们也帮着去找，但平素乐于叫唤的喜鹊有一回集体噤了声，大家就都于冥冥中获知，二爷这回怕是死定了。二娘也只好死了心，一门心思准备起二爷的丧事。事实上，二爷那一回确实没有再醒过来，他的眼睛一直睁着，却没有等到一只喜鹊。我不知道假如二娘找来了喜鹊，二爷还能不能醒过来，我相信是能的，他最后的意念就系于一只叫唤的喜鹊。更多的生死也维系于一种意念，或者是鸟，也或者是别的。在我

的乡下，只能是鸟。谁能想到呢，这平凡的鸟，竟于不倦地飞翔之间，行进着死亡的宏大叙事？

我其实还忘记了一个至关重要的细节。二爷临终前一天，乌黑的鸦群在小村的上空久久盘旋，一个村子的人都端着饭碗，昂头望天。

到了晚上，时间的声音要复杂一些，最主要的声音，来自"狗皇帝"。"狗皇帝"的声音像一块块砖头，跌落在牌楼宁静的夜色里。不过"狗皇帝"发声也仅限于有月亮的晚上，当一轮圆月爬上巢山之巅，静谧的小村沐浴在一池浮动的牛奶里。这时候，不明所以的"狗皇帝"往往会大声狂吠，它跑得远远的，在村外的某一片开阔地。有月亮的晚上，老人们其实都醒着，月圆月缺，是老人们心里的一本日历。过去，这本日历的注脚是农时，现在，这本日历已经没有注脚了，但老人们还在心里牢牢地记着，每一次翻开，就会想起某一次春种和秋收，想起某一块曾经的良田，如今成了杂草丛生的荒地……迷迷糊糊间，老人们也就睡过去了，月华笼罩的村庄像一场大梦，只有"狗皇帝"醒着，虫子们醒着。"狗皇帝"依旧在吠月，虫子们间或也会鸣叫一两声，村庄和大地，很快就静了。

有月亮的晚上，我时常会想起"狗皇帝"。它不知疲倦的狂吠，成了它活在牌楼的唯一意义。但它究竟在叫些什么呢？我不知道。没有月亮的晚上，我不知道"狗皇帝"都在干些什么，如果一直没有月亮，它又该如何打发那些漫无尽头的长夜呢？

这些未解之谜太折磨人了！好在，如今我已不再仰望夜空，合肥的夜空除了黑还是黑，那些偶尔滑过夜空的光亮，来自一架架来历不明的飞机。

桃花痴

在牌楼，桃花是为数不多的中年妇女之一。桃花的丈夫死得早，具体死在哪一年，老人们都记不得了。老人们还能记得的是，那些年的桃花像一片单薄的影子——手里牵着一个大的，女孩，刚刚会走路；怀里还抱着一个小的，男孩，还不到一岁——无声无息地闪现在房前屋后。除了下地干活，那些年的桃花几乎不怎么出门，实在躲不过去了，比如借个针头线脑的，也大多支使那个刚会走路的小女孩，自己站得远远的。一开始，大家心里还有些不高兴，乡里乡亲地住着，就算丈夫不在了，两个孩子还在，打断骨头还连着筋。然而，几年下来，桃花竟是谁家的大门也没有迈过，竟是不声不响地，把丈夫丢下的一双儿女拉扯成了大人。大家这才理解了桃花，"寡妇门前是非多"，桃花不想惹这个是非，她不上人家的门，人家也就不好上她家的门。桃花是以这种方式，守住了一个寡妇的贞洁。

桃花一直没有改嫁，似乎也没有这个打算。那些年，上门的媒婆一直没有断过。那些年的桃花虽然生活清苦，但美人坯子还在，要相貌有相貌，要身材有身材，迷倒了方圆数里一大批鳑夫。谁也没有想到，任凭媒婆摇动三寸不烂之舌，说得天花乱坠，桃花就是油盐不进，低头默默地听着，偶尔，浅浅地抿一下嘴唇，瞅一眼大门前佯装路过的人。媒婆走马灯似的，兴高采烈地来，又走马灯似的，灰头土脸地走，连桃花家的水都没能喝一口。桃花的做法有些不近人情，过分了，但正是这种不近人情，让大家看到了一个弱女子决绝的内心。大家对桃花于是既敬且畏，这个瘦削的弱女子，没想到竟有如此刚烈的心性！

在一次又一次一年又一年的决绝里，桃花的一双儿女都成了大人。初中毕业的姐姐去了常州，高中毕业的弟弟远走广东。送走一双儿女的桃花尚在中年，但尚在中年的桃花突然老了，头上的白发怎么也藏不住，前面藏住一束，后面又露出一丛。最明显的变化还是身材，她突然胖了起来，筛子一样肥硕的屁股，水桶一样丰腴的腰身。徐娘半老的桃花自绝了所有的道路，当年华老去，她反倒大大方方地走出了家门。这个年纪的中年妇女历经了大风大浪，什么样的玩笑都能开得，什么样的玩笑都能挡得住。

主动出击的桃花让大家有些不知所措。她和牌楼人一样端着海碗，一边走一边扒，一边和大家打着招呼。老人们无所事事，聚在一起打麻将，她也凑过来，大大咧咧地替这一家惋惜，又咋咋呼呼地埋怨另一家。渐渐地，桃花居然也坐上了牌桌。牌桌上的桃花是另一个桃花，脸不红心不跳地爆出牌楼人的粗口，脸不红心不跳地开着不三不四的玩笑。爱打麻将的，以往只有几个眼不花耳不聋的老人，自从桃花主动参与之后，打麻将竟成了牌楼人谁也不想主动退席的娱乐盛事。以往，老人们至多打四圈，打完四圈，斤斤计较的老人们差不多也就累了。自从桃花主动参与之后，四圈慢慢打成了八圈。打到后来，已经没有了一个定数，想什么时候打就什么时候打，想什么时候歇就什么时候歇。麻将场也不知不觉地，从国平家的院子移到了桃花家的院子。国平多少有些失落，他一面奚落那些"老不正经"的，一面又跟着那些"老不正经"的，进了桃花家的院子。

在桃花家的麻将场上，国平只是一个观战的角色，每一次，桃花都拒绝国平上场。老人们也不愿意让国平上场。国平正值壮年，和他打麻将，老人们几乎没有赢过。国平患有严重的类风湿，关节粗大的双手像一把钉耙，一条腿已经瘸了，依旧不肯吃药。病痛发作时，国平就用稻糠摩挲自己的双手（牌楼人"发明"的偏方之一），摩挲完了还是痛，锥心蚀骨。痛到无计可施，国平就打老婆，在田埂上打，在灶台边打，在被窝里打，终于把老婆打跑了。这一跑就是十来年，再也没有回来过。

坐在麻将场上的桃花喜欢变着法子支使国平，一会让国平给自己换杯水，一会又让国平给灶里添一把柴火。老人们都不想散场的时候，桃花就让国平负责做饭，简单地填饱肚子后，晚上接着打。有时候，桃花也会让国平上场替自己换换手气，一开始老人们死活不答应，但终究拗不过桃花，愿赌服输，只好认账。认是认了，到底心有不甘，于是就在嘴上讨便宜。大家就开桃花和国平的玩笑，猥琐的，狎昵的，赤裸裸的。国平只是骂，桃花呢，倒大大方方地认了。认一次，国平心里只是狐疑；认两次，国平就不疑了。到了第三次，趁着月黑风高，国平熟门熟路地摸进了桃花家的院子。那一晚，小村突然电闪雷鸣，老人们全都坐了起来，耳朵里灌满了风声、雨声、"狗皇帝"张皇失措的吠声。第二天一大早，冬至大爷看见桃花门前的泥地里，留下了两行一边深一边浅的大脚印。

桃花家昨晚进贼了。冬至大爷说。哦。老人们都笑，都不吃惊。从来不打麻将的冬至大爷被老人们笑得一头雾水，他独自嘟囔着，挂着龙头拐杖，杵一下，挪一步，像一个大大的问号，慢慢地挪动在雨后的大地上。

到了这一步，老人们终于醒悟了过来。对于桃花，老人们其实并无想法，毕竟，老人们的年纪都大了，早就断了那份念想。他们之所以爱和桃花打麻将，无非是桃花的放肆让他们的生活忽然闪进了一丝朦胧的光亮。老人们都不喜欢看电视，"电视上都是骗人的"，电视机也收不到几个频道，勉强能看的几个频道，还经常闪屏，屏幕成了飓风中的露天电影。时间是老人们最富余的奢侈品。天太长，夜太黑，与其说老人们是在打麻将，不如说是在打发漫长的暮年时光。现如今，老人们忽然明白了过来，他们都被桃花利用了——桃花是以打牌为诱饵，以他们的玩笑为导火索，点燃了国平深埋在心里的那团火。

无论是在城市还是在乡村，男女关系都是人们最热衷的谈资。不久之后，牌楼人就开始传起桃花的风流韵事，传得有鼻子有眼的，仿佛每一次，他们恰好都在场。桃花家的麻将桌开始无人问津，也没有人愿意再踏进她家的院子。在桃花和国平这件事情上，牌楼人的道德和伦理观念第一次出现了微妙的变化。在旷日持久的留守里，几乎每一个留守妇女都曾半推半就地，一半是惊喜一半是惊慌地，和夜里摸进门来的男人上过床，牌楼人即便没有亲眼看见，基本上也都亲耳听见了。大家心知肚明，彼此相安无事，于是睁一只眼闭一只眼。桃花是个寡妇，国平的婚姻名存实亡，但两情相悦的桃花和国平不仅没有得到大家的祝福，反倒招来一场持久的唾骂。

"头发都熬白了，到底还是熬不住……"

"都要带孙子了，还做这号丑事……"

桃花熬了二十年，不想再熬了。熬，或者不熬，原本是桃花一个人的事，但老人们硬是把一个人的事，变成了一个村子的事。他们孤立着桃花，冷落着国平，极尽攻讦之能事。熬到过年，桃花熬不住了，她给老人们伏低做小，挨个上门赔不是。第一个老人始终一言不发，脸色比天气还冷；第二个老人笑眯眯的，一个劲装糊涂，"啊""哦""嗯"，客客气气地送出门；第三个老人连这些叹词也没有了，他丢下桃花，拎起锄头，径直去了田埂……最后，桃花在老杜茶馆里找到了冬至大爷，她给冬至大爷两根春卷，她给村子里的每一位老人都买了两根春卷。当桃花把热乎乎的春卷挨个送上门的时候，老人们的态度终于有了一些变化，只是变化，不是松口。最后，冬至大爷看不下去了，他给桃花递了一句话："只要孩子不反对，我们有什么权利反对啊？"桃花好不容易等来了一句话，却又关门大哭了一场。她想过了一千想过了一万，就是没想过自己的孩子、国平的孩子，就算国平的孩子同意这门婚事，自己的两个孩子能同意吗？不能的。孩子是"死鬼"留在牌楼的根，自己一旦改嫁，"死鬼"的根就断了……想到这一层，桃花的心慢慢冷成了一块冰。

老人们都在观望着桃花，私下里议论，谁也不知道闭门不出的桃花将会做出什么样的举动。三月尾，重新出门的桃花仿佛换了另一个人，她蓬头垢面，挪动着臃肿的腰身。遇见人，头低下来，吃吃地笑着："你有没有看见国平？"

没有人看见国平。就在桃花给老人们伏低做小之后，国平家的院门上就悄悄落了一把锁。

国平不辞而别之后，桃花时常会独自出几天远门，归来的桃花逢人便笑："我找到国平了，扯我的裤子，就这样扯，扯……""我找到国平了，扯我的裤子，就这样扯，扯……"老人们面面相觑，想骂，又骂不出口。这个半头白发的女人，陷在自己的情欲里无力自拔，她已经被自己的情欲逼疯了！

没有人说桃花是疯子，大家都叫她"花痴"，想男人想到不知廉耻。"花痴来了。"老人们乐呵呵地说。桃花冲老人们傻傻地笑着，袒露着丰腴的双乳。

只有冬至大爷一手抹着眼泪，一手挂着龙头拐杖——像一个移动的"h"——慢慢走进村外的田野。田野上，营养不良的油菜花自生自灭，一年又一年，"狗皇帝"在其间跳跃，奔跑，像在追逐一个即将消逝的梦。

死于旷野

除了老杜茶馆，村外的田野，是冬至大爷另一个固定的去处。冬至大爷年轻时是个种田的好把式，老伴身体不好，冬至一个人经营着五亩良田。那是真正的良田，水稻是水稻，棉花是棉花，小麦是小麦。冬至起早贪黑地在田地里劳作，白天栽秧，晚上车水，农忙的时候，几乎不曾有过一天停歇。他也歇不住。有月亮的晚上，他蹑手蹑脚地摸出门，蹲在田埂上仔仔细细地听。"听"，是冬至种田最大的秘诀。老人们都说，冬至能听到庄稼发育的声音、喝水的声音，连庄稼生了虫子都能听出来，生了虫子的庄稼会将生虫的信息传递给田埂……一开始，大家还有些将信将疑，但家家户户的庄稼总有歉收的，只有冬至种的田，年年五谷丰登。这就不能不信了。问冬至，他总是神神道道，死活不说自己是怎么听的，但愿意帮人去听。冬至听过的庄稼地，果然就有了丰收的迹象，果然就有了喜人的收成。奇了怪了！于是，一个村子的庄稼都请冬至去听。农忙时节还没开始呢，冬至就早早地忙开了，冬至享受着这种忙。这种忙，既是庄稼人的本分，也让冬至赢得了大家的一致尊敬。

余生也晚，冬至的这些经历都成了传奇。等我也能下地的时候，冬至大爷已经不怎么下地了，旷日持久的辛勤劳作让冬至大爷的腰早早地弯向了大地。那些早起割稻的清晨，冬至大爷总会踱到田埂上，问问这个，摸摸那个，然后将几粒湿漉漉的稻子，放到嘴里，慢慢嚼，不说话，若有所思。冬至大爷爱吃这一口，几家嚼下来，他心里就有数了——谁家的田已经瘦了，来年得追肥；谁家的田潮气太重，来年要重开一条沥水沟……大家都听他的，都愿意按照他的意思去办。冬至大爷在地里刨了一辈子，他刨过的地，比许多人走过的路还要多。

冬至大爷的两个儿子都在常州置办了房产。刚刚洗脚上岸的时候，冬至大爷曾被儿子接到常州，在高高在上的"鸽子笼"里住了三个月。那是三年一样漫长的三个月，冬至大爷成了一个傻子——白天足不住户，出门一抹黑，谁也不认识，他担心找不到回家的路。所有的路都是相似的，他总是分不清东西南北，总是走着走着就犯了糊涂；晚上又睡不着，滚滚车流轰鸣在耳畔，那是一种令他发狂的噪音——每一次惊醒，他都以为自己正躺在无遮无挡的大路上，一辆车向自己的左边冲过来，一辆车从自己的右边碾过去……熬了两个月，冬至大爷熬不下去了，想回牌楼，但两个儿子都不答应。两个儿子轮流做父亲的思想工作：适应了就好了，我们一开始也睡不着……现在有时也睡不着……在两眼一抹黑的常州，冬至大爷只能听儿子的，于是接着熬。这时候的冬至大爷已经有些晨昏颠倒了，白天，只要儿子媳妇出了门，他就卧在沙发上，开着电视机，迷迷糊糊地睡一觉；到了晚上，他就躺在床上，醒着耳朵，听窗外滚滚而过的车流，听着听着就想起了牌楼的夜晚。牌楼的夜晚，能听见松针落地的声音，家蛇蹿过瓦楞的声音，"狗皇帝"闲极无聊追咬耗子的声音……在牌楼，梦乡的另一头还连着土地，但在常州，梦乡悬了起来，冬至大爷怎么也睡不安稳，怎么也不敢把自己的夜晚交给那一片陌生的水泥地。想着想着，悬着悬着，冬至大爷就病倒了。病中的冬至大爷终于有了回家的理由，但两个儿子把父亲送进了医院，抽血、量血压、查心电图、做 B 超、拍胸片，该查的都查过了，都不是什么要命的问题。输过液、吃过药的冬至大爷依旧一病不起。主治医生最后无计可施，只好吩咐家属尽快出院："想吃啥就吃点啥，也没啥忌口的了……"话里有话，问题严重了，医生治不好要死的病，只能让病人回家等死。两个儿子慌了神，他们一刻也不敢停留，连夜将"病危"的老父亲送回了牌楼。

老伙计们都来了，他们围坐在冬至大爷的床边，一边唏嘘着突如其来的生离死别，一边又让冬至大爷放宽心。冬至大爷的两个儿子忙得团团转，请裁缝做"老衣"，托风水先生寻找墓地，寿材倒是现成的，但要凑齐四个举重（抬寿材的人）却不是一件容易的事。还差一个人。访遍方圆数里四五个村子，年轻人都出去打工了，冬至大爷的两个儿子只好从外地请来了一个远房亲戚。在家的老人都跑来帮忙，连做流水席的荤菜和素菜都备齐了，没承想，就在大伙张罗着搭灵堂的时候，冬至大爷突然下了床，不声不响地踱进自己的灵堂。大伙呆住了。两个儿子跳了起来，好半天之后，大儿子朝老父亲慢慢弯下腰，试图看清老父亲的脸："你、你……好啦？"冬至大爷一言不发，陀螺一样转过身去，不声不响地走出灵堂。"这是回光返照吧？"小儿子说，老人们有的点了点头，有的半信半疑……直到冬至大爷喝下两大碗西红柿鸡蛋汤，又生龙活虎地扯掉灵堂上的经幡，两个儿子才如梦方醒，赶紧收起了父亲的"遗像"，藏起刚刚备好的"老衣"。老人们有的哭，有的笑，有的干脆骂起了冬至："你个老不死的，想吓死人啦……"

只有冬至自己知道，他没有开玩笑，也没有心思开这种玩笑。他的魂已经在这块土地上扎了根，自己离开得太久了，魂得不到安宁，肉身也就得不到安宁。当灵与肉终于又归"一"时，他也终于安宁了。

重新活过来的冬至大爷一直独居在牌楼，两个儿子再没有请他去常州。重新活过来的冬至大爷也发生了一些微妙的变化，他的话更少了，头发更白了，脸上的皱纹更密了。最重要的变化还是他的腰，彻底直不起来，弯成了标准的九十度。他从此拐杖不离手，拄着拐杖走村串户，上老杜茶馆；拄着拐杖，慢慢地挪上村前的那条机耕路。过了机耕路就是空荡荡的田野，两三百亩地，稀稀拉拉地种着一小片棉花、小麦、油菜和荸荠。没有水稻。牌楼人早就不种水稻了，老人们有心播种却无力收割。棉花、小麦之类的农作物，大多也是"靠天收"。收或者不收，老人们其实并不在意。他们已经忙不动农活了，也不值得去忙，忙得越多，亏得越大，田地于是集体荒着。偶尔想起来，就去撒一些种子，撒下种子之后也很少去看，任其自生自灭。对于老人们来说，农事和农时，更多的只是一种念想——这是农人的根本，什么都可以丢，只有"根"不能丢。一个丢了"根"的人既脱不了胎，也换不了骨，一辈子都会水土不服。老人们都信这个理。儿女们都去了城里，有的打工，有的做生意，有的混成了"公家人"，到月领工资……但老人们就是不愿意离开这块土地，和冬至大爷一样，他们不敢把自己的梦乡交给无着无落的城市。一到了城市，他们的根就丢了，他们的魂就散了，就像一个被母亲遗弃的三岁的孩子。

老人们守着牌楼和老屋，其实是在守着自己的根和魂。他们半饥半饱，终日无所事事，但他们都把自己的根和魂守得紧紧的。冬天的午后，他们靠在墙根下晒太阳，翻炒着陈谷子烂芝麻；夏天的夜晚，他们就搬张竹床，袒胸露乳，大开着前门和后门，四仰八叉，一直到天亮。清心寡欲的老人们，在根和魂的相互陪伴下，消磨着最后的光阴。

只有冬至大爷，每天都会到田埂上去坐坐，一坐就是一两个小时。有月亮的晚上，冬至大爷睡不着，便领着"狗皇帝"，到田埂上这里走走，那里遛遛。"狗皇帝"在月亮地里撒着欢，冬至大爷安详地拄着拐杖，偶尔也会停下来掐一株野草，放在嘴里嚼。他认得地里的每一株草，哪一种草味道涩，哪一种草味道甜，哪一种草有毒但不致命，他比谁都清楚。和老人们相比，他太丢不下了，也不愿意丢，一直到死。

老人们的根和魂，有的在村庄里，有的在老屋里，但冬至大爷的根和魂，在他"听"过的田地里。那个寒露之夜，明月皎洁，冬至大爷又领着"狗皇帝"走进了村外的田野。下半夜的时候，"狗皇帝"忽然一阵狂叫，半梦半醒的老人们起先并没有在意。直到"狗皇帝"挨家挨户地叫门，老人们这才疑惑了起来。能起床的老人都起床了，"狗皇帝"在前面带路，大家深一脚浅一脚，走进了村外的田野。田野里月华如水，像秋天的池塘，水意氤氲里，连草叶的影子都是凉的。

大家呆住了。冬至大爷侧卧在田埂上，蜷缩着手和脚，像一只僵硬的河虾。"狗皇帝"蹲在冬至大爷的身边，轮流舔着老人的两只手，咬着老人的衣袖往起扯。谁也没有喝止"狗皇帝"，"狗皇帝"终于放弃了所有的努力，呜咽着，匍匐在老人的脚边。时光仿佛静止了下来。老人们默默地围坐成一圈，默默地守护着冬至大爷的遗体。

天亮的时候，老人们忽然看见了桃花。穿戴整齐的桃花远远地跪在外围，一边哭一边拍打着田埂。桃花撕心裂肺的哭声让老人们有些惊慌失措，他们吃力地站了起来，一边看着寿终正寝的冬至，一边看着如丧考妣的桃花，秋天的田埂上，慢慢地落下一行行老泪。

后　记

2013年腊月，国平突然回来了，一个人，拎着几件简单的行李。他的头发全白了，一脸的褶子，剧烈的咳嗽，咳起来几乎走不了路。"狗皇帝"居然还认得他，今天叼走他的拖鞋，明天又叼走他的袜子。那时候的"狗皇帝"已经老得不成样子，基本上没有了吠叫的力气。月圆之夜，它偶尔还会喊几声，空洞而低沉，时光之手已经掐住了它的喉咙。它也很少进食，长时间倦怠地卧在地上，像老人们一样，守着它的魂。"狗皇帝"有魂吗？老人们都说有，有生命的动物都有魂。我不太相信这种说法，但置身牌楼，又不能不相信。国平不止一次看见冬至大爷拄着他的龙头拐杖，在田野上四处张望。冬至大爷过世时，国平并不在场，但国平见到的冬至大爷，居然就穿着那一身逢年过节才会上身的衣裳。桃花也说她梦见过冬至大爷，冬至大爷在梦中"喊冷"，衣服和袜子全是潮的……

老人们都不相信桃花的梦，毕竟她曾经是个"花痴"，脑子不做主的。只有国平相信了桃花，冬至的时候，国平给冬至大爷烧了几身衣服，冬至大爷的魂终于安息了，他再也没有给桃花托过一次梦。

国平给冬至大爷烧纸那天，带上了"狗皇帝"，但国平回村时，"狗皇帝"居然失踪了。国平外出找了三天，桃花也外出找了三天，但"狗皇帝"踪迹全无，真是咄咄怪事。那些常年坐在路边的老人，谁也没有看见过狗。狗？哪里还有狗？国平比画了半天，老人们笃定地摇了摇头。桃花比画了半天，老人们笃定地摇了摇头。几天之后，国平和桃花就放弃了，他们怀疑，"狗皇帝"已经老死了。但在父亲看来，"狗皇帝"应该还活着，它在牌楼生活了一辈子，不会选择死在外地。

国平后来还找过桃花，桃花始终沉着脸，骂："滚，你个畜生……""滚远点，你个畜生……"国平那么老了，父亲说，真是的，怎么还不死心哦！桃花就死心了吗？我有些疑惑，父亲沉默着，一直不出声。

桃花的病怎么就好了呢？我问父亲，好半天之后，父亲终于吐出一句话："鬼知道她有病没病啊！"

我语塞，又有些心酸。夕阳西下，风吹落日，我的小村像一幅尘封的油画——冬至大爷、国平、桃花、"狗皇帝"……他们在大地上匍匐、站立、行走与消隐，像旷野里无人问津的油菜花，寂寞盛开，寒凉凋败。

庭院深深

我一直记得那揪心的一幕，那个只有六岁、皮包着骨头、乞丐一样靠在树干上的小女孩，忽然间泪水滂沱。那么多的泪水，瀑布一样滚过她的面颊，而她一直紧抿嘴唇，没有哭出声。她为什么不哭出声？

午后的牌楼昏昏欲睡，蝉唱如雨。火辣辣的毒太阳从梧叶间泻下来，跃动的光斑，像散落一地的碎金子。"霞啊，小霞，可想妈妈？"小霞正蹲在浓荫里一个人"打宝"（所谓的"宝"，其实就是一种折得方方正正的小纸片），她愣愣地看着我母亲，慢慢站了起来，嘴角抽搐着，一大串晶亮的泪水，忽然间决堤而出。哭泣的小霞让我母亲有些惊慌失措，母亲无助地搓着蓝布围裙，慢慢僵住了——她没有想到，这个六岁的孩子，竟然郁结了那么深沉的思念、那么深重的委屈、那么深切的疼痛。她原以为，小霞只是内向、羞怯、不爱说话，像那些妈妈长期不在身边的孩子一样。外婆过世早，七岁的母亲被外祖父寄养在牌楼。长期寄人篱下的生活让母亲养成了谨小慎微，而又乐善好施的个性。乡下的孩子普遍怕人，但我母亲，孩子们都愿意亲近，他们小鸟一样扑腾在母亲周围，打宝、跳绳、踢毽子、斗鸡，无拘无束。尤其是小霞，几乎每天都来，母亲不仅偷偷地塞给她各种各样的零食，还见缝插针地帮她修刘海、扎辫子、打补丁……母亲无微不至的呵护，让孤寂的小霞依恋着这份温暖。

我还记得小霞的生母——玉萍，藕一样丰腴、浑圆的胳膊，白白净净的娃娃脸上，缀着几粒细碎的不易觉察的雀斑。她爱笑，两朵红霞飞起来，眼睛眯成一条缝；也爱哭，暗夜里，我们常能听到她那特有的母猫一样时断时续的呻吟。小霞笑起来太像她了，"我的天呐，一个模子倒出来的……"这个六岁的孩子，于是很少笑，也从不在人前提起自己的母亲。小霞的父亲叫振东，他是村里的电工，读过几年书，公开疼玉萍，从不避人。人前人后，他总是一口一个"我老婆"，从来没有说过"我家烧锅的"（"烧锅的"，顾名思义，彰显出沿袭多年的陈腐观念和男权主义）。记忆里，他是牌楼唯一一个给予"烧锅的"充分尊严和平等地位的男人。诡异的是，牌楼人并没有过多非议振东，玩笑也止于善意的挖苦、讽刺，大家一笑置之。电工是个技术活，算一门手艺了。我们时常看到他背着一只脏兮兮的灰布挎包，戴着一副脏兮兮的纱手套，嘴里衔着一支电笔，跨在摇摇晃晃的梯子上，专心致志地忙活。他是刚从田里上来的，卷起的裤管上，还沾着湿漉漉的稀泥。刚刚通电的牌楼隔三岔五就要断一次电，今天这里跳闸，明天那里短路。尤其是春节前后，天寒地冻的，他经常摸黑出门，饭吃不安，觉睡不好。他是一个好脾气的人，也不懂得拒绝，在那个手艺人原本就很吃香的年代，格外受人尊敬。

电工是有收入的，但和常年走村串巷的民间艺人相比，电工的收入还是太微薄了，不足以养家糊口。小霞出生后，玉萍很少再下地，倒是振东一直种田，和牌楼的老农们一样，面朝黄土背朝天。他舍得下力气，也能吃苦，一个人起早贪黑，抢收抢种——插秧、点豆、种小麦、摘棉花……寒来暑往，他的劳碌大家都能看见，像一枚不知疲倦的陀螺，在平畴与村落间打转。

玉萍真是命好，遇上这么一个好男人……媳妇们经常在背后议论玉萍和电工。每一次议论，大家都不掩饰对玉萍的羡慕，羡慕完了，又各自唏嘘起自己的命运。攀比的结果，是委屈，不甘，以及巨大的心理落差。女人们一次次沦陷在无可救药的妒火里，丧魂落魄，无力自拔。这些认命的女人绝对不会想到，玉萍的好命宛如昙花，短暂的惊鸿一瞥之后，很快就萎谢了。

谁能想到呢？"好男人"居然成了"陈世美"，成了小村牌楼第一个离婚的人。一开始大家都不相信，漫长的打探之后，传言终于成了事实，牌楼人为之一惊。老一辈没有一个离婚的，离婚，是一件伤风败俗的事情。他要做陈世美，你不能应承，牌楼，自古就没有这样的事情！老人轮流上门，打抱不平，玉萍千恩万谢着，表情淡淡的，言语里都是平静："强扭的瓜不甜，是我要离的……"牌楼人又是一惊。嫁鸡随鸡嫁狗随狗啊，这是古训，只有休妻哪有休夫的呢？闻所未闻。一番争论之后，板子最终还是落在振东身上。古话说得好，知人知面不知心。一口一个老婆、老婆，真是不晓得丑哦……

没有大吵大闹，没有鸡飞狗跳，离婚后的玉萍依旧住在牌楼，照顾小霞，伺候婆婆，延续往昔的生活。一个月，两个月，三个月，振东不为所动，迟迟没有现身。她像漏气的气球一样慢慢瘪了下去，脸颊上细碎的雀斑突然长大了，眼角的皱纹增加了一倍。"他是鬼迷心窍了。玉萍啊，趁年轻，你赶紧地吧……"婆婆不忍心，老人们也看不下去，轮流劝她。她小媳妇一样乖乖地听着，既不点头，也不摇头，更不吭声。"玉萍啊，哭吧，哭出来，你不能这么憋着啊……"她抿紧嘴唇，捂着脸，泪水散线的珠子一样从指缝间滑下来。

她默默地扛着所有的屈辱，没说过振东一句不是，老人们对振东的各种数落，她也从不回应。"忽见陌头杨柳色，悔教夫婿觅封侯。"她悔过吗？没有人知道。离婚之后的第一个春节她是在牌楼过的，像往年一样除尘、祭灶、打年货、做豆腐、熬麦芽糖，还给婆婆和小霞缝了一件新袄子，做了一双新棉鞋。大家心知肚明，她是做给振东看的，指望着振东还能回心转意。春节，自古就是团圆的日子，"有钱没钱回家过年"，雷打不动的。谁能想到呢？振东居然置世俗于不顾，连年夜饭都不回来吃了！一年忙到头，忙的就是那顿年夜饭啊，他怎么就敢不回来呢？

牌楼人看重年夜饭。除夕是一年中最大的日子，其次是中秋，然后是清明和冬至。这几个特殊的日子，天南地北的牌楼人总要不辞辛劳，千里迢迢地赶回来，共赴一场约定俗成的仪式。除夕这天，牌楼还有一项不成文的规矩，不上门讨债，就算欠了再多的钱，年夜饭总是要吃的……年夜饭，让简朴的农家生活有了一份温暖和希望。

振东将玉萍仅存的一点希望彻底击碎了，她伏低做小，最终还是没能等来那个负心汉。元宵节当天一大早，早起的牌楼人看见玉萍拎着一只简单的包裹，低着头，急匆匆地穿过破罡街，雾霭里的身影，纸片一样单薄。破罡街是老一辈牌楼人经常抵达的边界，是牌楼的尽头，也是世界的尽头。现如今，一批又一批年轻人越过这道边界，候鸟一样飞出去越冬，有些候鸟已经迷路了，天空没有翅膀的痕迹，无影无踪……那天早晨，小霞像往常一样睁开惺忪的眼睛，母亲不见了，窗外爆竹声声。这个懵懂的孩子没有料到，母亲消失了，童年也随之消失，她成了一个需要独自面对未来的小大人。

婆婆一直催着媳妇走，真走了，心里又空落落的，像身上突然掉了一坨肉。小霞坐在门槛上望着机耕路，哭；奶奶蹲在小霞身后，抱着小霞，也跟着哭。不知不觉地，天黑了下来，小霞偎在奶奶的怀里睡着了。一夜一夜慢慢过去，不知不觉地，奶奶的头发全白了，像顶着一蓬雪。

儿子走了，伤风败俗，连老娘和丫头都不要了。如今媳妇也走了，受尽了委屈，做到了仁至义尽。多好的媳妇啊！舌头底下压死人。奶奶抬不起头来，说起振东，只是嘤嘤地哭，像个犯错的孩子，拳头大的脸上，挤满了羞愧与惶恐。

新世纪前夕，在发小的多次蛊惑下，振东终于丢下农活，抛妻别子，在无锡的一个装潢队里做电工。那时候，村里的青壮年劳力基本上都出门打工了，振东却守着一亩三分地，守着玉萍和小霞，迟迟不肯动身。他是最后一个离开牌楼的手艺人。早出门的发小已经混成了包工头，一年四季白衬衫、红领带，一大串钥匙挂在屁股后面，嗒，嗒，嗒。有一年我在牌楼过春节，包工头骑回一辆枣红色的摩托车，呜呜，呜呜呜，横冲直撞，一路鸡飞狗跳。七八个孩子追在摩托车后面，撵着尾气跑。

"你一年能挣多少钱呢？"我问他。他犹疑地看了看我，喷出一口烟，笑着说："四五万吧，不好说，看生意。怎么讲呢，那肯定比在家里挣得多……"我们并无交集，而我的媒体人身份，也让他有些提防。即便一年只有四五万，也是一笔相当可观的收入了，那些日出而作日落而息在田里刨食的人，或许一生也没有见过这么多钱吧。

振东是怎么变成陈世美的呢？按照包工头的说法，是振东熬不住，又不愿意和工友们一起嫖娼，于是就和一个离异的名叫晓虹的女人滚了床单。这种事情，开了头就收不住，日子久了，便不再苟且，而是公开同居……包工头知道的当然不止这些，牌楼人知道的也不止这些，但事关个人隐私，我不能复述更多的细节——那些常见于媒体的相似度极高的细节。出轨、嫖娼、爬灰，这些都是牌楼人多年不愿意正面谈及的几个肮脏的词。然而，振东的出格之举像一记响亮的耳光，将牌楼人一下子打蒙了。他们仿佛刚刚醒来，一面睡眼惺忪地拎裤子，一面遮遮掩掩地谈起了性。性，婚姻生活的重要组成部分，"饮食男女，人之大欲存焉"。

我在《风吹落日》里写过桃花，丈夫过世之后，桃花辛辛苦苦地将一双儿女拉扯成人。然而，桃花和国平的爱情不仅没有得到大家的祝福，反倒招致一片骂声。熬了二十年，她不想再熬了。熬或者不熬，原本是她一个人的事情，但牌楼人硬是把一个人的事情，变成了一个村子的事情，还上升到了伦理、道德以及人品等诸多层面……如今，那个一到春天就犯"花痴""想男人想到不知廉耻"的疯女人已经老了，盘在旮旯里昏昏欲睡，像一堆烂草垛，一天只吃两顿。她的疯病不治而愈，疾风骤雨一样的衰老终于摧毁了她的心魔，磨灭了她的心性。当一个又一个春天花枝招展地来临，她心如止水，不理会任何人。

时间是最好的良药，也是最好的医生。

没有人再笑话她。时过境迁，她成了一面镜子，掀开牌楼人的伪装，赤裸裸地照见那些卑微的灵魂。当道德与生理机能正面冲撞，许多人都选择了隐忍，乡村伦理像一座大山，没有人敢去轻易撼动。不敢正视自己的生理需求，排解问题的渠道也很有限，性焦虑，这是乡村老人普遍面临的现实境况。

国平也老了，但他和桃花之间的风流韵事没有老去。儿女们很早就去了外地，既不回来，也不认他这个父亲，单方面宣布和他断绝关系。他不争吵，也不抱怨，仿佛理当如此，他原本就没有这些孩子。腊月里，大家都在忙着，只有他整日无所事事，披着一件烂棉袄，靠在山墙根前晒太阳，树枝一样的枯手，插在裤裆里，怕冷一样颤动。妇女们都躲着他，实在躲不过去了，便红着脸，跺着脚，骂："你个老不正经的，要死哦！也不晓得丑……"话未落音，国平突然站起来："呵呵呵。"青筋暴涨，满脸血红。

有一年正月，来了一个要饭婆，说话总要歪着头，脖子上一根青筋突起来，很吃力的样子。要饭婆走到国平门口，停下来，讨水喝，喝过了，国平突然转身，捧出一大把炒米。要饭婆接过炒米，塞进口袋，咧开嘴，黑洞洞的，朝国平笑："你这个人，心蛮好。我给你烧锅，好啵？"国平被唬住了，朝要饭婆一个劲挥手："哪个要你烧锅？我是看你可怜，哪个要你烧锅！"要饭婆却耍起了无赖，一屁股坐在国平门前的碌碡上，怎么也不肯抬脚。"托子空（音，牌楼方言，很少见的意思），还蹬鼻子上脸了。"国平气呼呼地瞪着要饭婆，呵斥说，"走走走，赶早走！"闲着无事，摸纸牌打麻将的老伙计围了上来，和国平开起不三不四的玩笑。这个说，送上门的，多好，你今晚无论如何要办两桌；那个又说，别不好意思呢，有什么要紧？别一天到晚就晓得自摸……老伙计们哄然大笑。国平越发气恼，猛然站起来，冲出去，顺手拎起一把铁锹。要饭婆哇哇哇，跳起来，拔腿就跑。老伙计们又是一片大笑。

有儿有女的国平吃不了低保，但乡村生活也没有太大的用度，他不愁吃，不愁穿，只是长期类风湿，久治不愈，手指干柴一样纠结着，握不成拳头。要是有个烧锅的就好了，你这以后怎么搞呢？有老伙计问他，他突然啜泣，像个受尽委屈的孩子，一个劲拍打花白的脑袋："唉、唉、唉……"

和乡村老人一样，长期处在性焦虑状态的，还有那些常年在外务工的农民工。虽然繁重的劳动天长日久地侵蚀着他们的体能，但蛰伏在身体深处的兽，总会在某些时刻，炸雷一般，猛然苏醒。那是一头吃人的猛兽，跫音时远时近，一旦扑击，足以撕毁任何人。很多农民工寄居的棚户区周围都有暗娼，一次性交易只要五十块钱，熟客甚至更便宜。空气浑浊，被褥肮脏，媒体多次曝光这样的场景。这群饥不择食的人，在危机四伏的性交易中，溺水一样喘息，捕获漫长苦役中稀薄的氧。

我在牌楼见过一次振东，他在玉萍一去无音讯之后，将晓虹悄悄地领进了牌楼。他已经五十多岁了，鬓发斑白，咳咳咳，苍老远甚实际年龄，和昔日那个风华正茂的电工判若两人。在牌楼短暂居留的晓虹没有出过一次门，家里来人，她总是谦恭地站起来，脸上挂着一抹若有若无的笑容。她听不懂牌楼方言，振东帮她翻译，她默默地听着，也不接话，无动于衷。她会说普通话，却很少开口。她刻意将自己封闭起来，成了一座栅栏围起的孤岛。

每个人都是一座孤岛。但她的标签过于明显，像门槛外的一个陌生人，立在余晖脉脉里，迟迟不肯进门。

那时候小霞已经大了，这个母爱长期缺位的孩子，从未喊过晓虹一声"妈"。晓虹原本也不准备认这个女儿，看到小霞，笑容凝滞了，化石一样僵在脸上，像突然袭来一阵极寒。对于牌楼这个家，以及凭空多出来的女儿，她像局外人一样漠然。那个蹲在浓荫里独自打宝、默然流泪的小女孩消失了，取而代之的，是一个长期游荡在校园之外、家教之外，逃课、辍学、满嘴脏话、谎话连篇的"问题少女"。童年止步于六岁。她既不肯原谅再婚的父亲，也不肯原谅音讯全无的母亲。在祖孙俩相依为命的漫长日子里，奶奶管她吃，管她穿，却管不住她慢慢扭曲的心性。奶奶已经老啦，双耳失聪，瘦弱的腰身佝偻成九十度，像一根被大风拦腰折断的树干。"我巴不得早一天死！伢啦，你可晓得我遭多少孽哦，够够的了……"牌楼的老人都"够够的了"，他们煎熬在深冬一样的空巢里，孤寂、寒凉、薄暮冥冥。我久久说不出话来，心里堵着难言的痛。

揣着一颗仇恨的种子，小霞不满二十岁便私订终身。男方是个木匠，大她十一岁，个子不高，壮硕，鼻孔里毛茸茸的，像个山洞。只有奶奶还能让她记取自己的来处，血脉的源头。奶奶过世之后，小霞就从牌楼消失了，仿佛世上已经没有这个人。我相信，正是那些和奶奶相依为命的日子，改变了她的性格和命运。那种一眼望不到头的绝望铸就了她生命的底色——自私、冷酷、决绝，乃至灭失人伦。

小霞并非个案，乡土深处，匍匐着一大批和小霞经历类似的留守儿童。我虽然很反感"问题少年""问题少女"这样的标签——这个粗暴的标签只能证明我们的虚伪与无能，但又不能

他乡容不下灵魂，故乡容不下肉身。一批又一批农村青壮年背井离乡，有无奈，也有不舍，却只能告别。

不承认，没有父母陪伴的童年，许多孩子无力抗御来自外部世界的凶险，被欺凌，遭性侵，不胜枚举的溺亡以及其他意外死亡事件。

每一起悲剧背后，都有一个千疮百孔的家庭。他们沉沦在冰窖一样的暗夜里，守候东方的鱼肚白从窗棂上升起。活在这稀薄的人世，每一个日子都是新的。擦干眼泪，他们一次次救出自己。

没有父母陪伴的童年，在祖辈无原则的溺爱里成长起来的另一部分孩子，终于对世界产生了深深的敌意。全国妇联公开的数据显示，留守少年犯罪率一度占未成年人犯罪的70%，且有逐年上升的趋势，有些留守少年的冷酷与凶残，令人发指。湖南益阳，十二岁的小学生吴某康，因为不满母亲的管教，竟持刀将母亲砍死。二十多刀啊！这个十二岁的孩子居然还以母亲的名义，给老师发了一封请假信。是什么让这个十二岁的孩子如此凶残，同时又如此镇定？

我们常说"每个孩子都是天使"，天使，怎么就成了一个杀人不眨眼的恶魔呢？

他乡容不下灵魂，故乡容不下肉身。一批又一批农村青壮年背井离乡，有无奈，也有不舍，却只能告别。于是，炊烟寥落的大地上，流放着没有父母陪伴的童年。美国犯罪学家罗伯特·K.雷斯勒在深入研究美国十二名穷凶极恶的连环杀人犯后发现：几乎所有凶恶的杀人犯，都有一个悲惨的童年，而其童年的悲惨程度，与犯案的凶残程度相关联。"上帝不能无处不在，所以他创造了母亲。"（犹太谚语）——那些在流水线上劳碌的母亲啊，螺丝钉一样的母亲，她们微薄的薪水蘸满了血泪，我不忍指责。

只是我时常想起小霞。我看着她从一个惹人怜爱的小女孩，变成一个离经叛道的少女，最后又变成一个新嫁娘。

那个深秋的午后，振东遵照牌楼人嫁女儿的习俗，牵着小霞的左手，小心翼翼地跨过熊熊燃烧的火盆。松松垮垮的迎亲队伍东张西望地等在大门口。满脸红光的木匠焦虑不安地等在大门口。振东把小霞的手递给木匠，小霞受惊似的缩了回来，片刻之后，又主动伸了过去。木匠火急火燎地接过小霞，看了一眼振东，转身就走，没有一句客套话。振东扶着门框，泪水奔涌，浑身上下筛糠一样颤抖，像一个大病初愈的弱不禁风的老人。迎亲的队伍渐渐远了，唢呐声声，百鸟朝凤。

围观的乡亲四散而去，没有人留下来安慰振东。

秋风起来了。他苍凉的哭声慢慢矮下去，矮下去，像火盆里慢慢冷却的灰烬。

河畔的遗迹

"你把大方向搞错了，再往前跑，就到水泥厂了。"永浩套着老头衫，穿着大短裤，趿拉着拖鞋，一边走一边指着两边说，"喏，石桥，长河，前头就是长江了，这都没变，想起来了吧？"正午的石桥像一只灰色的老猫，病恹恹的，看上去就快要死了。石桥下的长河绿中泛黄，像一大块变质的绿豆糕。咕噜，咕噜，气泡翻起来，味道翻起来。石墩周围，淤积着一大堆醒目的建筑垃圾和生活垃圾——白色的塑料袋，一次性饭盒，妇女用过的卫生巾，猪大肠一样肿胀的避孕套……岸边的大叶杨齐扎扎的，哗哗哗，绿荫掩映处，琉璃闪烁，若隐若现一个个黛色的屋檐。这是哪里啊？我一脸茫然，似曾相识，又没有更具体的印象。永浩收住脚步，诧异地叫了起来："啊！不会吧？你怎么连扫帚沟老街也不记得啦……"永浩的震惊和困惑溢于言表，嘴角挂着一抹意味深长的微笑。

扫帚沟老街！我一拍脑袋，羞愧于自己的健忘——我在这里读了几年高中，如今，二十几年过去，我不仅找不到从前的道路，甚至连扫帚沟老街也不认识了——记忆里的扫帚沟老街像一个"丁"字，十几家低矮的商铺沿路排开，错落分布。商铺后面，长河奔流不息，注入毗邻而过的白浪滔天的长江。商铺从南到北依次为日杂店、摩托修理铺、理发店、钟表店、韩家铺子（旁边是全镇唯一的农村信用合作社）、照相馆（旁边是藕山中学）、美发店、旧书店（出租影碟）、录像厅、裁缝店、屠宰场……录像厅门楣低矮，门口悬着一块小黑板，上面用粉笔写着当天的节目——《古惑仔》《纵横四海》《赌神》《黄飞鸿》，最下面是一成不变的"加映"两个字……录像厅外面的大铁门几乎没有关过，一年四季，门楼上永远披着两片脏兮兮的布帘子，幽蓝色的灯光鬼鬼祟祟地射出来，像恐怖片里谁也不敢轻易涉足的凶宅。录像厅和裁缝店之间有一条逼仄的巷道，只容一人侧身通过，巷道尽头垒着一间简易的厕所。厕所不到一人高，蹲坑上面搭着几根木板，晃悠悠的木板下面，河水日夜在唱歌。上厕所每次都要排队，每次排队都能撞到一两个熟人，撞到了也不搭话，红着脸，彼此心照不宣。

常年坐守录像厅放映录像带的，是一个看不出年龄的乡下妇女，浑圆的胳膊，满月一样汗津津的脸，晃着两根乌黑发亮的粗辫子。哗哗，哗哗，影像出来了，她昂着一张半明半昧的脸，一言不发，出神地盯着头顶上的亮瓦。亮瓦上的一小片苍穹从枯枝败叶间漏出来，像一口倒悬的深井。粗重的喘息，短暂的窒息般的沉默，空气仿佛凝固了。片刻之后，乌泱泱的人群慢慢骚动起来，热烘烘的气体在暗地里聚拢，膨胀，似乎即将爆炸。"加映！加映！加映！"海浪一样的呐喊声突然掀了起来，录像厅成了一口沸腾的大锅……她漠然地坐着，双手交叉搁在一条墨绿色的粗布短裙上，仿佛一根烂树桩。

　　乡镇中学设施简陋，学生宿舍条件更差，十个人合住一间（最多的时候挤过十四人），最简单的上下铺。没有衣柜，没有凳子，脸盆、毛巾、茶缸、口杯等个人用品，只能堆在地上，挂在墙上，搭在蜘蛛网一样交错的绳子上……谁也不愿意睡上铺，无论是起夜还是起床，也无论你多么小心，整张床都会跟着你一起吱吱呀呀地晃荡。家长找班主任，班主任找校长，校长最后给出一个折中的解决方案：抽签分床。凭什么啊？家长不愿意抽签，结伴堵住老校长骂。老校长扶着鼻梁上的老花镜，视线从镜框上方射出来，赔笑说："各位家长，骂完了吧？骂完了就听我一句话。大家的心情，我完全能够理解，但我们也要实事求是啊！学校目前就这个条件，该想的办法，我都想过了。还请各位家长自己决定，走读、租房，都照的……"走读不切实际，早出晚归，既耽误学习，也不安全，最稳妥的办法是租房。老街周边的民宅于是成了中国最早的"学区房"——以单间的形式独立出租，小点的，五十块钱一个月，大点的，八十块钱一个月。我和李凤翔合租一间，二楼，十几个平方，两张生锈的钢丝床，一张旧桌子（用来放饭盒、茶缸、牙刷、牙膏等琐碎的物品），一个褪色的脸盆架，上下两层，中间嵌着一面饰着两只孔雀的圆镜子。不能洗澡，也不提供厨房和卫生间，自然也不收水电费，晚上用电不能超过十二点。电水壶之类的小电器，一律禁绝。那些燠热的夏夜，周遭一片漆黑，伸手不见五指，宛如一座没有尽头的深渊。逼仄的卧室成了一个密不透风的大蒸笼，我和凤翔沉陷在无边的暗夜里，汗流浃背，辗转反侧。

房主常年瘫在床上，瓦片一样的脸，瘪瘪的腮帮陷出两个深坑，眼睛大而无神，常年看不到一丝表情。服侍他的老伴满头白发，走路慢腾腾的，微微佝着腰，每一步都很小心。盛夏的黄昏，凉风习习，她无声无息地蜷在躺椅上，一袭黑衣，一把破蒲扇搭在脸上，像一只酣睡的猫，单薄的躯体仿佛失去了重量。只有一头白发醒目地亮在黄昏里，像一团旧年的棉花。负责收租的是老人的小儿子，膀大腰圆，乌黑的短须从两角翘起来，像一个"八"字。胳膊上文着一条龙，盘旋着，两条长长的龙须微微在颤动。那是20世纪90年代初的乡下小镇，我们都惊诧于这样的文身。每月五号或者六号，他总会出其不意地敲响我们的房门，鹰隼一样的眼睛机警地扫视着屋内，像半夜突击查房的派出所民警。他从来不数钱，捋顺了，折起来，揣进屁股口袋里，转身就走。"他胸口长毛，像个野人。看见没？"凤翔贴着我耳朵，轻声说，"我估计，他至少有两百斤……"

他经常凭空消失一段时间，又突然从天而降，从长河岸边爬上来，从老街尽头闪出来。我们租住了一年，他在家的时间总共不超过一个月。老两口显然已经习惯了，处变不惊，仿佛他只是一个影子，悄无声息地投射在长河里，没有一丝波纹。又或者，暮年的他们是另一条长河，泥沙俱下的中流之后，只剩下澄澈与宁静。

青春年少，我们都不愿意受制于房东，对于水涨船高的房租，大多数人都不太上心。学校周边的独栋民房于是广受追捧，就连屠宰场后面一间巴掌大的小仓库也被改成了学生宿舍，对外出租，一学期只要两百块钱。这个价格比合租便宜，凤翔不顾我的一再挽留，夹着被褥，拎着一个蛇皮袋，欢天喜地地搬了进去。那间暗无天日的小仓库来自"癞痢头"的违章搭建，进门低头，出门弯腰，没有自来水，也没有接电。凤翔在其间住了一年多，一开始用煤油灯照明，后来改成蜡烛，眼睛渐渐眯成一条缝。高三上学期，凤翔看不清老师的板书，只好进了趟县城，配了副眼镜。20世纪90年代初的乡下小镇，戴眼镜的学生寥若晨星，太扎眼了，鹤立鸡群。戴黑框眼镜的李凤翔仿佛变了一个人，眼镜，成了他的另一个重要身份。

就在凤翔配眼镜之后的某天中午，他的寡母突然出现在校门口，穿着拖鞋，戴着草帽，拿着收据，堵住癞痢头，说："你害我儿子成了四只眼，配眼镜的钱，你要摊一半！"癞痢头莫名其妙地看着来人，好半天之后才明白过来："你这是哪家的理？讹人啊！"寡母不依不饶，她抖着手里的收据，用力吐出一口痰："我没见过钱哦？讹你这个癞痢头，我呸！"围观的人都笑了。癞痢头红了脸，脖子上的青筋蚯蚓一样饱涨，浑浊的眼球青蛙眼一样凸出来，好半天之后才骂出声："你哪里是讹啊，你是明着抢！别把你儿子教坏了……"

凤翔远远地站在人群外面，两颗大门牙露出来，紧紧地咬着下嘴唇。

凤翔非常刻苦，成绩也很好，但他复读了两年，都名落孙山，出乎老师和同学们的预料。那是个"一考定终身"的年代，高考，是农家子弟通向外部世界的独木桥。成功通过的幸运儿自然是少数。如今依然是少数。离开校园后，同学们各奔东西，像一滴水，消失在茫茫的人海里。李凤翔的消失最为彻底，他直接蒸发了，和所有同学都没有联系。

许多年之后我才听说，李凤翔跟着寡母去了遥远的贵州，他在贵州的一个深山小学里当老师。那所山顶上的小学只有十几个孩子，校门口挂着一条羊肠式的盘山公路。我不能确信这个听来的消息——凤翔怎么就能舍得童年的故土，心无挂碍地扎根异乡呢？

癞痢头原本在学校食堂里做勤杂工，但他头上的癞痢太脏了，味道又重，便被安排看大门。大概是嫌看大门太无聊了，他又自告奋勇地担负起夜间巡逻的重任。操场外围连着一片杨树林，杨树林的尽头，便是浩荡奔流的长江。夏天的黄昏，扫帚沟街上几个小痞子时常结伴翻过墙头，吹着口哨，明目张胆地接走一两个女生。癞痢头不敢拦，于是向值班老师告状。值班老师束手无策，挠挠头，边笑边骂，你一个看大门的，真是狗拿耗子，多管闲事哦……哪个讲是闲事，这不是闲事哦……癞痢头语无伦次地争辩，哪里辩得赢呢？根本没人理他。他兀自嘟嘟囔囔着，捶胸顿足，气急败坏。

他在大门口拦过一次老校长。老校长一开始有些惊诧，回过神来，便递给他一根烟，笑着说："那，小痞子是怎么进来的呢？你是门卫呵……"痢痢头哑口无言，红着脸，香烟含在嘴上，火柴拿在手里，雷击一样僵在原地。

时间一长，痢痢头终于睁一眼闭一只眼，学会了安分守己。晚自习一结束，他便拎着一大串钥匙，哐当哐当，一个教室一个教室锁门。"锁门了哦。锁门了哦……"他一路轻声吆喝，一路摇晃着手电筒。他常年喝稀饭，吃大馍，蘸辣子。春夏之交的黄昏，他经常左手端着一只大海碗，右手捏着一个大馍，蹲在教学楼东侧的池塘边看鱼。"鱼戏莲叶东，鱼戏莲叶西"，水里的那颗痢痢头，一次次拢了来，又一次次散了去。他贴着碗边唰一口稀饭，喉结上下滚动，再咬一口大馍，饿死鬼一样包在嘴里嚼，腮帮两边吹鼓手一样鼓起来，蠕动着，像含着两只铅球。

学校食堂早晚供应稀饭，卖大馍、包子、花卷、油条。中午吃的是蒸饭，两脸盆素菜，一脸盆荤菜，蒸腾的热气里裹着肉香，从狭小的窗口里翻滚而来。负责打菜的师傅姓卫（一说姓魏），我们当面喊他卫师傅，背后都喊他老卫。老卫是正式工，个子高，浑圆的肚子像一只皮球从皮带上面鼓出来。每次接过饭盒，老卫都要低头瞅我们一眼，然后熟练地颠着长勺子，勺尖上的一小团肉，于是又掉进脸盆里。会撒娇的女生经常探进窗口，嘟着嘴，嗲声嗲气地说："卫师傅，哪里够吃嘛……"卫师傅乜着眼，勺子探进脸盆，熟练地拣出一两块肉，朝饭盒里轻轻一颠。老卫经常照顾的，总是那几个身量高挑的女生，日子久了，便有了许多流言。每个流言都有鼻子有眼的，仿佛当事人亲眼所见。懵懂初开的男生放肆地笑着，添油加醋，眼里几乎要喷出火来。

长期吃食堂，油水不够，家里条件好的学生开始偷偷下饭店。当年的扫帚沟老街只有一家没有名字的小饭店，与其说是饭店，倒不如说是早点铺子。私底下，我们就叫它"韩家铺子"。

韩家铺子总是热腾腾的，很有烟火气。每天早晨，铺子里都坐满了人，站着的，坐着的，蹲在门口喝稀饭的，说的说，笑的笑，仿佛聚拢了一条街的热闹。铺子常年卖稀饭、油条、糯米糍粑，偶尔也卖一种叫"油香"的面食。油香是少数民族的传统食品，热油煎炸，黄澄澄的，扁扁的圆形。馅以胡萝卜丝炒肉丁居多，孩子们很爱吃；也有韭菜烩豆腐的，微辣，偏咸，老人和妇女很喜欢。韩老板四十岁左右，爱笑，一口雪白干净的牙齿。他既是老板，也是大厨，会炸一种棒槌一样粗壮的大油条。吃早点的老主顾，十有八九是奔着大油条去的，大油条香脆而蓬松，像鸦片一样吃了上瘾。炸完油条之后，韩老板总是拎着一把大茶壶，在人群中间穿来穿去，热络地打着招呼……

许多年过去，韩老板的面容渐渐模糊，浮现在我脑海里的，是一个腰间裹着花布围裙的"店小二"，脸上挂笑，上半身微微前倾。

高二上学期，每天上午，王扶林导演的《红楼梦》几乎占据了所有的电视荧屏。有一次我迟到了，正急匆匆地跑往学校，突然，一种若有若无的旋律从韩家铺子里传了出来，那种悲凉与哀婉，荡悠悠的，如泣如诉，让我忍不住停下脚步。入秋了，皖江北岸的扫帚沟依旧炎热。老街上少有行人，一条黄褐色的大草狗卧在裁缝店门口，眯着眼睛，吊死鬼一样吐着舌头。铺子大门虚掩，举目空荡荡，悲凉的旋律来自左边的一间大包厢。我鬼使神差地探了进去，包厢里靠墙摆着一条长案，长案上驮着一台黑色的旧电视，韩老板靠在椅子上，昂着头，面前放着半杯茶。贾母、王熙凤、贾宝玉、林黛玉、平儿、袭人……一集终了，我已经痴了过去。那个烈火烹油、鲜花着锦的世界完全在我的经验世界之外，它给予我的，何止是诱惑！

不知道时间到底过去了多久，韩老板猛然回头，见到我，先是一愣，接着又站起身来，拍着我的肩膀说："你怎么不上课啊？去上课……"

我拔腿就跑。四目相对的瞬间，我惊诧于他脸上的泪痕，红肿的眼睛，像一个饱受欺凌而又不敢声张的小男生。

高二文理分科，重要性不言而喻，但那天上午之后，我忽然不想念书了，以各种理由频繁逃课。通常是上午十点钟左右，第二节课下课，我便悄悄拎起书包，径直走向韩家铺子。学校大门形同虚设，癞痢头从来没有为难过我。沸腾的老街此时已然冷却，顾客都散了。铺子大门虚掩，《枉凝眉》的旋律从门缝里泉水一样淌出来，宛如秋风拂过耳畔。韩老板知道我逃课，却不再提起，有一次，还主动给我泡了一杯茶，笑着说："坐下来看啊。这些小家伙，演得是真好，一时哭，一时笑……"他的热情彻底打消了我的顾虑，在那间黑黢黢的包厢里，那个腰间裹着一条花布围裙的饭店老板成了我的同谋。播广告的间隙（长如一节枯燥的政治课），他习惯性地点一根烟（黄软盒，"渡江"牌），尔后抒发他的观后感。如今二十多年过去，我已经忘了他的长篇大论，但有一句话我印象极深："按现在的话讲，贾宝玉就是个败家子，整天就知道鬼混，没一点正经……"

我很早就听说过《红楼梦》，但直到高二上学期期末，我才第一次看到这部奇书（人民文学出版社，套装，上下册）。那时候，我已经逃课追完了电视剧，虽然期末考试红灯高挂，但我全心沉浸于那个别样的世界，对一路滑坡的学习成绩并不在乎。

　　无故寻愁觅恨，有时似傻如狂；纵然生得好皮囊，腹内原来草莽。潦倒不通世务，愚顽怕读文章；行为偏僻性乖张，那管世人诽谤！（《西江月·无故寻愁觅恨》）
　　富贵不知乐业，贫穷难耐凄凉；可怜辜负好韶光，于国于家无望。天下无能第一，古今不肖无双。寄言纨袴与膏粱，莫效此儿形状！（《西江月·富贵不知乐业》）

二十多年间，我多次通读《红楼梦》。在我看来，《红楼梦》是一部救赎之书，"没一点正经"的贾宝玉，其实是慈悲的化身。如果说眼泪是林黛玉的命，那么慈悲就是贾宝玉的魂，他经由一种众生平等的慈悲，在繁华与幻灭的迷途中自我救赎，最终实现生命的完成。

二十多年间，我也渐渐明白，我们长长的一生，本就是一个不断迷失又不断纠偏的过程，有几个人能迷途知返，在物欲横流中全身而退，校准自己的人生路呢？

我常想，如果我当年名落孙山，现在如何？最大的可能，是和乡亲们一样逃离牌楼，漂在别人的城市里，起早贪黑，聊以养家糊口吧？

寒门学子一旦名落孙山，出路是很有限的。安心务农的落榜生极少，因为喝了些墨水，又长期疏于农事，便不愿意和父辈们一样，"锄禾日当午，汗滴禾下土"，沿袭那种面朝黄土背朝天的苦日子。绝大多数落榜生不得不听从家长的安排，心不甘情不愿地拜师，郁郁寡欢地学艺。剃头，打篾，弹棉花，瓦匠，木匠，漆匠，石匠，铁匠……那是一个手艺人吃香的年代，学一门手艺，一直是落榜生及其家长的第一志愿。靠手艺吃饭的男同学不少，王剑超，王帅，许阳，章一龙，许卫国，齐家栋，李明，李天昊，江礼贤……我知道的至少有二十个人。个别同学已经大踏步富了起来，当老板，开公司，做包工头。也有人擦干眼泪，毅然外出务工，"风萧萧兮易水寒，壮士一去兮不复还"。简简单单的行李里，包裹着不甘、失落和迷惘。永浩，最是决然。

许多年之后，当永浩面对缓缓流淌的长河，慢悠悠地说起在外务工的那段青春岁月时，内心已经完全平静了下来。五十岁的永浩已经大面积谢顶，前额上布满一道道纵深的皱纹——

那段饱经风霜的岁月，到底还是打下了烙印。出门之前，永浩觉得外面的世界很精彩；出门之后，他就成了一只无头的苍蝇，在世界上飞来飞去——世界有多辽阔，他就有多无奈。他一直记得那种茫然和恐慌，像一个遭母亲遗弃的迷路的孩子，置身在一个孤独的星球上。

十几年间，永浩先后到过常州、张家港、无锡、宁波、温州、厦门、珠海、深圳、顺德、东莞。东莞是他背井离乡、四处飘零的最后一站。永浩在东莞的一家元件厂里做了两年多时间的拉长——"拉长"是一个令打工仔眼红的职位，也是无数打工仔仰望多年的天花板。他喜欢工厂所在的那座小镇，交通便捷，物价不高，一成不变的繁华背后，还有一种乡下过年赶大集式的热闹。有一段时间，他甚至想在那里安家落户，但事到临头又退缩了，这是他们的厂，他们的镇。他拼尽全力，最终还是一叶浮萍，无法生根——他梦中的身体一直醒着，凝固的水泥，坚硬的钢筋，将他硌得生疼——他的根，已经扎在老街背后的那条长河里，那是他生命的源头，血脉里的路标，如影随形。那些疲劳之极、倒头就能入睡的夜晚他确实睡着了，然而每一次醒来，他都误以为自己回到了扫帚沟，于是心心念念地，便有一种卷起铺盖，立即回到扫帚沟的冲动。

犹豫了半年，挣扎了半年，最终，永浩还是放弃了拉长的职位和慢慢涨上来的高薪，义无反顾地离开了东莞。那个五月的黄昏，久雨初晴，老街上的青石板湿漉漉的，倒映着瓦蓝如洗的天空。当胡子拉碴的永浩轻快地跨过石桥，满面春风地走进老街时，街坊们都不敢相信自己的眼睛："你咋回来了呢？不年不节的……"永浩一边散烟一边笑着回应："早就想回来了！回来不走了，就蹲在家里……"街坊们一头雾水，不明所以地笑着。一个在外漂惯了的人，怎么就想蹲在家里呢？街坊们已经老了，习惯了老街的慢节奏，可永浩，年纪轻轻的，怎么可能耐得住性子，说不走就不走呢？说笑了！思前想后，大家很快就想到了另一层——这个永浩，不会是在外面犯了什么事吧？他很和气的，能犯什么事呢？估计也不是什么大事，要是犯了大事，跑还来不及呢……蔓延的猜测，让"永浩犯了事"渐渐成为定论。遇到永浩妈，街坊们东一榔头西一棒子地聊着，云遮雾罩的，欲言又止。

那时候扫帚沟老街还没有多少外来户，街坊之间毫不设防，犄角旮旯里的事情，大家心里都一清二楚。可这一次，性质变了，永浩是另外一个世界的人，他成了一颗冒犯的石子，把老街的平静击碎了。

一个月。两个月。半年。一年。直到次年正月，赋闲已久的永浩忽然在街角盘下一栋楼房，楼上劈出三间大卧室，住人；楼下的大厅将近两百个平方，开店。当琳琅满目的商品慢慢塞满空旷的大厅，门楼上又挂出"永浩百货超市"——扫帚沟老街上的第一块商业匾额时，街坊们终于相信，在外漂了十几年的永浩，这回真是死心塌地蹲在家里，枕着长河、守着老街了。

如今又是十几年过去了，永浩再没有离开扫帚沟。老街格局尚存，只是青石板东一块，西一块，松的松，凹的凹；房子老了，也矮了，檐下挂着罗盘似的蛛网。瓦楞里的构树瘦骨伶仃，像营养不良的留守儿童，普遍不到一米高。老街寂然。熟悉的面孔不知去向。高中门前的照相馆消失了（我还留有毕业时穿警服的一张小像。水渍漫漶的青春时光）。韩老板的早点铺子（偶然的一次迟到，影响了我的人生）、钟表店（那个姓许的老师傅，喜欢唱《苏三起解》："苏三离了洪洞县，将身来在大街前……"）、录像厅（"加映！加映！加映！"）、裁缝店（白白净净的胡裁缝，女生一样修长的指甲）、旧书店（我淘过一本泛黄的《雪国》，扉页上"枞阳县××文化站"的椭圆形公章依稀可辨）、修理铺（精瘦的老板像一根竹竿）、屠宰场（刺鼻的尿臊味）……消失了。当年对外出租的"学区房"大面积坍塌，一条弯弯曲曲的小路，串起了东一块西一片杂草丛生的菜园子。我的高中消失了，残存的教学楼和学生宿舍，变成了一家私人投资的养老院。教学楼东侧的池塘还在（病退之后的癞痢头不知所踪），绿波不兴。池塘四周，稀疏地种植着十几株大叶杨，四五棵香樟。岸边的两株垂柳已经倒伏，枝叶枯黄，荫翳里浮着三四只绿头青蛙。清脆的蝉声从长河边传来，不疾不徐，像午后的一场太阳雨。

浓荫里，凉风起，四个老人在养老院门口支着一张桌子，心无旁骛地打扑克。围观的七八个老人有说有笑，抽烟，咳嗽，吐痰。就在我转身欲走的当口，忽然发现月牙门里，乌桕树下，坐着一个白发苍苍的老人——光着膀子，形销骨立，体重估计只有七十斤。细细的脖子支着一张干瘪的脸，那是怎样的一张脸啊！像被斧子剔过了，只剩下一层皮，包着几根嶙峋的骨头，看上去就是一张面具。最醒目的是眉毛，翻卷着，柳叶一样翘起来，像风中的一小片雪——人，怎么能老到这个样子呢？！"就这样，坐在时间里／他的一生／穿过他的身体／呼啸着远去。"（温远辉《枯禅》）我忽然有些悲伤，想起父亲最后的日子，昼夜颠倒，茶饭不思，仿佛急于离开人世（愿父亲在天堂里安息）……"走吧！他脑子坏掉了，不晓得热，也不晓得冷，腊月里打赤脚，连鞋子都不晓得穿。"永浩扯了扯我的胳膊，黯然道，"你以为人还有什么名堂啊？一点名堂都没有哦……"永浩突如其来的感伤让我有些疑惑，他原本是个很乐观的人。就在这时，老人忽然咳了几声，抬头看了看我，又咳了起来，像是专门咳给我听。我有些不适。老人兀自笑了，牙床空洞。他的笑，使整张脸变成了一张痛苦的面具。那是怎样的一张脸啊！我大吃一惊，脑海里突然浮出一个模糊的人——这个被岁月无情修改过的人，他至多只有七十岁啊！他是那么爱笑，一口雪白干净的牙齿，拎着一口大茶壶，微微倾着上半身，腰间裹着一条花布围裙……但眼前这张脸，实在是太陌生了，简直有些瘆人——我不自觉地打了个寒噤，仿佛撞见一具僵尸。

他还认得我吗？我不能确定。

我逃一样离开扫帚沟。老街寂然。永浩站在空荡荡的街口，目送我远去，五十岁的脸上挂着六十岁的笑容。人近中年，我知道，离别是生命的常态。大地是我们最后的怀抱，温暖的怀抱。

长河东流，逝水无声。

炊烟不再升起

　　春节还回来吗？临行前，堂哥凑近父亲的耳朵，大声问。父亲默默地摇了摇头，吃力地拄着拐杖，佝偻着腰身。我们已经习惯了父亲的沉默，在一日重于一日的沉疴里，父亲成了一个失语者，他以小村一样幽深的沉默，对抗垂暮的光阴。由于腿脚不便，垂暮之年的父亲很少再回来。每次回来，父亲都要站在村口的石拱桥上（桥下的小河几近干涸，沿途漂满了各种垃圾，成了一条"垃圾河"），长久地环视整座小村。小村背倚巢山，山上的马尾松都长野了，它们在绵长的松涛里起伏，狂舞，抖动着绿色的油亮亮的波纹。小村的外围，是高低不平的大圩和小圩。初冬的田野鸦雀寥落，寂无人声。不远处的田埂上，站着一棵孤零零的乌桕树，几根丝瓜晃荡在光秃秃的枝丫上，萎谢的藤蔓在风中摇摆，像一条条僵死的水蛇。大圩和小圩的尽头，是水际接天的白荡湖，纵目远望，枯水季节的白荡湖波澜不惊，阳光下，像一块温润的琥珀。

牌楼，这座皖江北岸的小村是父亲的胞衣之地，父亲在这里成家立业，娶妻生子，埋头经营了一辈子。一辈子，看上去很长，但再长的一辈子，最终都将浓缩成一两句简短的讣词，转瞬即逝。在牌楼，父亲是个受人尊敬的知识分子，当过队长、文书、窑厂厂长，还在市物资公司当过会计，但父亲忙碌了一辈子，风光了一辈子，到头来，留给自己的，不过一栋老屋而已。

在长年累月的闲置里，父亲的老屋成了一座废墟。形同虚设的大门，勉强遮风挡雨。这次回来，父亲甚至连钥匙都没有带，他示意我把手伸进门框的最下面，向上托。我有些疑惑，父亲胸有成竹，嗓门大了起来："行哦，你托！"我只好躬身俯首，将信将疑地向门框下面探进一只手。"咿呀"一声，在我的托举里，门框上的榫头果然离开了基石，左边的半边门，瞬间就从门框上塌了下来，支开的缝隙，足以进出一个人。我哑然，多少有些吃惊，父亲却很坦然，仿佛这是一件很正常的事情。我顿时明白了过来，儿时的记忆瞬间复活了。

儿时，牌楼家家户户都是这样的木门，简洁而美观，温暖而安宁。不过，在岁月的流逝以及时代的变迁里，木门逐渐消失了，整个牌楼，像我家这样的老房子只剩下三栋。另两户举家迁到了城里，许多年了，再也没有回来过，包括春节、清明和冬至。好端端的老房子，被主人白白废弃了，房前屋后杂草丛生，蚊蝇肆虐。其中一栋老房子还是朱家的祖业，朱家人自己说，始建于民国年间。那栋老房子，我们叫它"朱家大屋"，像熟悉自己家一样熟悉它的结构——进门是一间敞亮的堂屋，左右连着四间厢房。小时候，我们喜欢在最大的一间厢房里"躲猫猫"。厢房里立着两根水桶粗的柱子，柱子上架着一根立柱形的横梁，横梁南端雕着一只鸟，北端雕着一头兽。走出牌楼之后我才知道，那是一只神鸟和一头瑞兽，神鸟名"朱雀"，瑞兽名"玄武"。

在牌楼，朱家这样的祖屋绝无仅有，它幸运地躲过了一次次浩劫，但朱家人毫不痛惜，说丢就丢了，像随手扔掉一块脏兮兮的旧抹布。有一年清明，我拨开齐腰深的芭茅草，走近朱家大屋，想再看一眼记忆中的朱雀和玄武。那个午后淫雨霏霏，朱家的屋檐下挂着一面面亮晶晶的蜘蛛网，每一面都有筛子大，像罗盘，也像八卦。大屋正面，两扇菱形的木雕花窗不见了，只剩下两个黑黝黝的洞口。那两扇花窗真是稀罕，镂空雕刻着一枝老梅，老梅的右上方，还停着一只振翅欲飞的灰喜鹊。灰喜鹊，寓意吉祥，是江淮地区常见的留鸟。我慢慢靠近那扇尘封的大门，大门上耷拉着一把锈迹斑斑的铁锁。猛然间，从黑黝黝的洞口里飞出几只灰褐色的鸟，噗噜噜，噗噜噜，还没等我回过神来，它们已经消失了。

细密的雨幕，突如其来的飞鸟（鸽子或斑鸠），以及盛大的死亡一般的静谧，让我猛然间收住了脚步。那一刻，我有些骇然——朱家大屋的阴森，咄咄逼人，我真切地感受到了，仿佛有一张网从天而降，从四面八方……我落荒而逃，心跳如脱兔。

那是我最后一次走近朱家大屋。按照父辈们的说法，这种久不住人的老房子没有阳气，属于鬼魅之地，带恶煞的，会伤及人的身体。但我的脑海里，一直心心念念着朱雀和玄武，它们还在吗？我不止一次揣测过它们的命运。我想，它们极有可能和花窗一起，神不知鬼不觉地，从朱家大屋里消失了。

和朱家大屋比起来，父亲的老屋显得异常寒酸。事实上，在整个牌楼，父亲的老屋也是最破旧的，在周遭的楼房和绿树的阴影里，老屋像一座多年的稻草堆，又像一个坐在路口，翘首盼归的老人。不过，每到清明和冬至，这个苟延残喘的老人又苏醒了过来，我们这些从牌楼出逃的子女，又回到了她的怀抱。

父亲的老屋，炊烟不再升起。但它是我们心中不灭的灯盏——老屋在，根就在，它是我们一生的精神脐带。

堂屋逼仄而潮湿，墙上依次挂着爷爷、外公、外婆和母亲的遗像。遗像里的亲人，既熟悉，又陌生，他们仿佛刚刚离开，又仿佛早已去往另一个世界。另一个世界和老屋一样沉寂，亲人们有去无回。许多年过去，梦境辽阔，亲人们却从未出现过。遗像的下方摆着一张枣红色的餐桌，多少年了，这张厚实的餐桌依旧稳如磐石，像在地下扎了根。餐桌的右侧有一小块月牙形的豁口，这是妹妹海佬十岁那年，用新买的铅笔刀偷偷剜出来的。事情败露的那个黄昏，父亲刚刚从外地赶回来，他心痛地抚摸着豁口，冲我大发雷霆。我自幼顽劣，父亲便武断地认为，这种"坏事"肯定是我做的。面对父亲的盛怒，海佬不敢承认，而我又无法自证清白，那一份委屈与伤心，至今历历在目，仿佛才过去两三天。

父亲的老屋，炊烟不再升起。但它是我们心中不灭的灯盏——老屋在，根就在，它是我们一生的精神脐带。

父亲的盛怒，不光是心痛餐桌，更重要的原因还在于，二哥已经到了适婚的年龄，一张残缺的餐桌，会影响媒婆对家境的判断。靠嘴吃饭的媒婆都是人精，她们惯于走村串户，只要看一眼餐桌，就能大致猜测到家境。牌楼人家的餐桌都摆在堂屋中间，坐北朝南，正对大门，四方摆着四条长板凳。餐桌的北面，少不了还要放一张长条几，条几上供着祖先的牌位。讲究一些的人家，还要在牌位两侧各放一只暖水瓶。暖水瓶是空的，不装水，就是个摆设。为什么要放暖水瓶呢？没有人专门解释过，凡与神灵有关的事情，大人都不愿意细说，也不允许小孩子随便问。我猜，最大的可能是，"瓶"与"平"谐音。条几上方是中堂，一幅"松鹤延年"的挂轴，挂轴上的对联都是一样的：上联"福如东海长流水"，下联"寿比南山不老松"。横批是"松鹤延年"吧？我不能确定。然而，这如何就能看出主人的家境呢？我后来问过帮二哥说媒的媒婆，她已经不再帮人说媒了，但她只是笑，不肯说。

父亲的老屋塌掉过一半，重新修缮时，便因陋就简，堂屋里既没有买条几，也没有挂中堂，墙上只贴了县民政部门送来的三张年画。在牌楼，这样的"堂屋"已经不能称之为"堂屋"了，但父亲依旧按照老规矩，将餐桌安放在"堂屋"正中间。如今，多年不住人，堂屋里弥漫着一股刺鼻的霉味，餐桌上落满了厚重的灰尘，横七竖八地架着几条长短不一的板凳。

父亲的房门上，一直落着一把小铜锁，年纪比我还大，外表锈迹斑驳。以往回来，父亲的房门总是锁得好好的，但这一次，房门虚掩，门框上的搭扣已经断了，那把饱经沧桑的小铜锁，和剩下的搭扣一起，挂在房门上。我没有想到，这样一栋破败的老屋，居然也能遭了贼，这还有什么可偷的呢？堂哥说，你不知道，那些人就像搬家一样，一夜要偷好几户，肆无忌惮，大张旗鼓。我有些吃惊，更让我吃惊的是，乡亲们已经习惯了这样的治安状况和生活处境。偷盗发生后，没有人愿意报警，"报了也是白报！今天说没有监控，明天又说没有人，反正就是和你拖……"

这一切，父亲心知肚明，发现家里被偷之后，他一直没有说话，只是轻轻推开虚掩的房门。地面一片狼藉，屋顶上的天光自瓦缝间下泻，灰尘腾起，浮游在一道光的瀑布里。

站在房间里，父亲看着自己睡过的床，母亲睡过的床。这张床和父亲一样老了，记忆里，至少换过四次床榻。床上罩着蚊帐，蚊帐的上面蒙着一层搏灰的报纸，中部凹陷，形成一个兜，兜里是从瓦楞间飘落下来的落叶与尘土。这是母亲的意思。母亲的一生，洁净而自尊，在生命的最后时刻，她坚持出院，背着一包氧气回到了牌楼。母亲在这张床上往生，这张床，承载着她和父亲半世的光阴。那一刻，我仿佛又看到了弥留的母亲，她虚弱地躺在床上，神色安定，面容慈祥。

那一夜，瑞雪纷飞，牌楼银装素裹，宛如雪国。乡亲们都来安慰我，你妈真有福！她脚没有沾土，在一片白雪中往生极乐。

在牌楼，亡人的老床是要扔掉的，如果不扔，也得请木匠师傅重新组装。母亲往生当晚，负责进房的人（入殓者）将老床扔到了门前的椿树下。老床上的被褥是要烧掉的，包括床垫和床垫之下陈年的稻草。母亲下葬后，大雪暂停，父亲像丢了魂一样，在椿树附近来回走动。黄昏时分，父亲终于忍不住了，执意要将老床抬回来。我们轮流劝："扔了就扔了吧！""家里有地方睡啊，这不好的……"悲伤欲绝的父亲哪里肯听！他之所以置风俗于不顾，是因为母亲这一走，他比我们更孤单，更无助！最终，拗他不过，我们还是抬回了母亲的老床。父亲当晚就睡在这张床上，之后的日子，他一直睡这张床。他既不避讳，也不害怕，甚至说，有什么好怕的？我巴望她回来啊！

质本洁来还洁去。在瑞雪中往生的母亲，不会再回来了。她带走了病痛对她的折磨，对父亲的折磨，也改变了父亲的生死观。母亲往生后，父亲独自在牌楼生活了一年。重新回到合肥的父亲忽然就老了，步履蹒跚，长时间沉默着，一个人郁郁寡欢。有一次，家里只有我们两个人，他问我："你可知道，死是什么？"我原以为，他只是像以往一样害怕死亡，便轻描淡写地劝慰说："死是最高的平等，也是亘古不变的规律……"他默不作声，又问："那，人是什么呢？"这个问题把我问住了，他想要的，肯定不是一个寻常的答案。果然，片刻之后，他就自言自语起来："人，也没什么大名堂，人就是一只鸟。什么是死呢？死就是一次迁徙，人是从这个地方飞到另一个地方去了……"

说这话时，父亲就坐在我对面。他的头发全白了，脸上挤满了一道道细密的皱褶。父亲的脸，让我看见了岁月古老的容颜。那一道道皱褶，是风，是雨，是雪。头顶上的白发，是风暴与闪电。我久久说不出话来，若干年后，我也会迈进这样的暮年；我的脸，酷似他的脸；还有一身病痛，满目沧桑，以及满满的无可抑制的孤单。

那一次，一向寡言的父亲主动提起了老屋。他说："你们几个商量，要不就在原地重新盖，不盖也要找人修，再不修，肯定还要倒。"我没有接话，父亲又说："我是不管三七二十一咯。我和你妈都埋在这块，将来，你们总还要来家吧？！"

我无言以对。翻修老屋，其实我早有打算，但这些年，家里事情不断，我有心，却无力，慢慢地，也就搁下了。2014 年圣诞节，我在深圳出差，夜里突然从梦里惊醒过来。梦里，母亲穿着蓝棉袄，黑裤子，坐在老屋门前。梦里的老屋像一块黄褐色的泥巴，孤零零的，屋顶上覆盖着烟灰色的小瓦。风起来了，一片片落叶在母亲身边打转。母亲拎着小板凳走进老屋，一边走还一边说："外面冷，你们也快来家啊！"

在他乡的夜里醒来，我再也无法入眠。我一遍又一遍想着老屋的样子，母亲的样子，一片片落叶打转的样子……多么真切！

我经常做梦，但这是母亲和老屋唯一一次同时出现。我知道，纵使许多年过去，母亲的气息也会留在老屋里——以风的声音说话，以雨的手掌敲门，用暖阳的触角爱抚久别的儿孙，用皎洁的月华擦拭我们的泪水……母亲与我们同在。

厨房里，电饭煲、电压力锅、微波炉都失踪了，只剩下一口大水缸，还稳稳地蹲在晦暗不平的泥巴地里。揭开盖子，水质清冽，缸壁上没有生苔藓，摸上去凉幽幽的。这口大水缸有些年头了，盛夏时节，从田畈里归来，大水缸冒着丝丝凉气。趁母亲不注意，我直接将头插进水缸里，喝饱了，凉透了，再把身子拔出来，舀水洗脸。那股透心蚀骨的凉，一直留存在牌楼的记忆里。我最早熟知的中国神话，也和这口大水缸有关。母亲不许我们喝生水，吓唬我们说，水缸里住着田螺姑娘，她是下凡的仙女，谁要是偷偷地揭盖子，她住不安生，就要离开我们家……不过母亲的警告收效甚微，反倒让我们对大水缸日思夜想。许多次，我和海佬躲在灶台后面，屏声静气地守着，但田螺姑娘始终没有现身。我们很沮丧，问母亲，母亲笑着说：田螺姑娘是仙女啊，知道你们躲着在，怎么会出来呢？我和海佬恍然大悟，真傻啊。

灶台上，安着一大一小两口铁锅，两口铁锅的正中间，夹着一口布袋似的陶罐。冬天的早晨，寒风呼啸，瑟瑟发抖的窗玻璃，像是有一万只手在轮番拍打。每天天麻麻亮，母亲就起床了，在小锅和陶罐里烧水，在大锅里熬山芋稀饭。让水烧着，让稀饭熬着，母亲的脚步声又转到了屋后，哗哗哗，洗衣裳。当我们闻着山芋稀饭的香气，懒洋洋地钻出被窝时，家里家外，母亲都收拾过了。餐桌上盛着几碗山芋稀饭。枣树和樟树间的长绳上，长衣和短裤还在滴水。灶台上温着父亲的茶杯。父亲喜欢喝茶，每天早上，母亲总要给父亲泡一杯茶。这个习惯母亲坚持了六十年，一个甲子，雷打不动，即便后来她罹患尿毒症，死里逃生。事实上，这个习惯已经成了母亲的本能，仿佛不如此，她就无法确认自己的身份。

母亲是童养媳。她负重而悲苦的一生，恰如父亲的老屋，裸呈着外表破旧、肌理苦痛的真相。然而，母亲并不觉得苦，甚至有些心满意足——晚年的母亲，有过一段短暂的城市生活，她享受过城市生活的便捷与文明，而这样的"享受"，一度让牌楼的母亲们异常羡慕。牌楼的母亲们足不出户，年轻时忙着做田，挣工分，生儿育女；年纪大了，又要照顾留守下来的孙子和孙女。在社会的结构性矛盾里，她们已经被榨尽了，像房前屋后的一丛丛野草，自生自灭，也葳蕤，也卑微。

风烛残年的五婶，一直生活在牌楼。五叔过世早，五婶独自拉扯大了留守的孙子和孙女，如今，又要照顾最小的外孙女。五婶自己身体也不好，但她只能默默地扛着，别无选择。这是牌楼的老人共同的命运。与其说他们是在守着空荡荡的老房子，不如说他们是在守着漫长的余生。在空荡荡的余生里，这些长途奔袭的老人像一群受伤的老黄牛，薄暮里摊开臃肿的身躯，幽暗的舌苔，舔舐着旧年的伤口。他们悄无声息地来，最终也将悄无声息地走，除了亲友和乡邻，没有人知道他们来过。

除了五婶和堂哥，留在牌楼的，还有大强、绿萍嫂子、朱家二娘、项链嫂子、春明大婶……不超过二十个。二十个，并不都是囫囵人，还有一些多年的"病秧子"。绿萍嫂子，胃癌，胃部切除了三分之二，一天吃五餐，依旧瘦得像一根棍子。春明大婶，十几年的类风湿，关节粗大，手指全都变了形。"痛起来，痛得钻心，"春明大婶说，"你是不知道哇，恨不得一头撞死……"还有大强，强直性脊柱炎，六十岁不到，腰已经佝成了九十度……这些病痛，有些确实是治不了了，有些是一开始就没有治，拖到不能再拖时，已经迟了。

临行前，五婶追了过来，趴在车边，望着父亲说，瘦很了！又说，瘦点好，有钱难买老来瘦。父亲确实是瘦了，像一盏灯，即将耗尽最后一滴油。见父亲不语，大强便凑近父亲的耳朵，大声说："你老人家要放宽心。我都能想开，你还想不开吗？"父亲点了点头，对大强说："你也要放宽心呢……"大强使劲摇晃着父亲的手，摇着晃着，就哽咽了。

我不忍目睹这样的离别，但这样的离别在一次次上演。每一次，他们总要三五成群，唏嘘着，将我们送上村口的机耕路。这是牌楼唯一一条通向远方的机耕路，我沿着这条路离开，也沿着这条路回来——我离开，是为了安放自己的人生；我回来，是为了安顿自己的灵魂。

老

黄昏的时候，他喜欢瘫坐在幽暗的卧室里，浮肿的左腿搭在床上，长时间一言不发，像时光深处一尊凝固的雕像。偶尔，他会缓慢地咀嚼某种零食，像一只年迈的老鼠，好半天，一声脆响，又一声脆响。没有人知道他在想些什么，是乡下那栋久已破败的老屋，多年未曾谋面的亲戚，还是已然离世的老伴？八十多年了，他有太多的前尘旧事需要一一梳理，它们定然像一幕幕无声的电影，在他的脑海里轮番上映。这些前尘旧事他要一个人默默地审一遍，这个倔强的老人，沉浸在孤独的暮年里，裁判自己的人生。

这时候，我从来不去打扰他，甚至会帮他合上虚掩的房门。房门合上的瞬间，他偶尔也会如梦方醒，偏过瘫在椅子上的臃肿的上半身，茫然的脸上看不到一丝内容。更多的时候，他浑然不觉，表现迟钝，幽暗的卧室成了他的洞穴，除了压抑不住地咳嗽，吐痰，上厕所，几乎不再出门。他的卧室，十个平方，都市丛林里一座坚硬的鸽子笼。

暮色四合。他的背影淹没在深重的黑暗里，像一个残酷的隐喻，让我悲伤莫名。他的今天，就是我们的明天，没有人能够逃脱的终极命运。

一

他已经确凿无疑地老了——除了心衰，经常性的疲劳，莫名其妙的乏力，食欲不振，长时间的昏睡，自言自语，耳背，便秘。最要命的是，由于长期静脉曲张，他的左腿像灌了几斤铅，只能沿着地面慢慢拖行。这极大地限制了他的自由，同时也加速了他的衰老。老，其实是一个动词——昼夜不息，永不停止。在他的身上，我既触目惊心地看到了老的过程，也一清二楚地看到了老的样子。作为名词的"老"是一座深渊，老去的过程，就是一个人向深渊急速下坠的过程。

事实上，我并不知道他是从什么时候开始老的，甚至不清楚他确切的身体状况。母亲过世之后，他依旧住在那间逼仄的屋子里，独自经营自己的一日三餐。我们一厢情愿地认为，屋子里还有母亲的气息，他们相濡以沫几十年，母亲骤然撒手，他需要一段时间来慢慢平复自己的心境。那时候他已经年逾七旬，一个满头华发的老人，但我们对此熟视无睹，毫无察觉。

我们盲目地相信着他的健康（在母亲久病沉疴的数年里，他独自照顾母亲的饮食起居，从来不让我们插手），甚至于盲目地相信他更愿意独自生活。直到那个秋天的傍晚，他忽然给二哥打了个电话。从下午开始，他莫名其妙地流鼻血，怎么也止不住——冰镇，仰卧，用卫生纱布堵塞鼻腔，这些常见的止血方法都毫无效果。在所有的努力均告失败之后，他终于害怕了。等我们先后赶到时，他正无力地靠在椅子上，几乎已经虚脱！无法遏制的鼻血浸透了他厚厚的棉外套，地板上的斑斑血迹，东一摊，西一摊，几乎难以下脚……

我们不敢大意，立即将他送到最近的医院。接诊的值班医生当头棒喝，怎么才来？你们是真能拖！我们尴尬至极，却又哑口无言。好在最终并无大碍，那个秋天过于干燥，他的鼻腔里破了一根毛细血管。大约二十分钟之后，血总算止住了，但医生说，止住只是暂时的，以后可能还会流……我不明所以地看着那个年轻的医生。他笑眯眯地说："年纪大了，毛细血管本来就脆弱，就像……"他兴致很高，居然想和我打个比方，但他想了半天，却没有想到一个合适的比拟的对象。他的好兴致让我非常沮丧，我短促地"哦"了一声，潦草地结束了这场原本很难得的对话。此后，我们又找过他三次，每一次，他的态度都很冷淡。

"年纪大了"，这平平常常的四个字，背后潜伏着太多的能指和所指。多年来，我一直小心翼翼地回避着类似的话题，我总是用"七十多"这个含糊的数字来回答亲友们对他年龄的询问，用"还不错"这类模糊的表述来回答亲友们对他健康方面的关切……日子久了，这类自欺欺人的小把戏让我误以为，他不过才七十多，健康状况整体还不错。

折腾到家的时候，夜已经深了，我单独留了下来，按照医嘱观察一夜。那是我成年后，第一次和他睡一张床，我在这头，他在那头。我躺在床沿边上，悄悄地蜷起来，尽量不触碰他的身体。他的身体我似乎不曾完整地见过，在那些久远的记忆里，他没有带我洗过一次澡，也没有陪我睡过一次觉。他太严肃了，且沉默寡言（这些"坏毛病"，他全遗传给了我），那种亲昵的肌肤相亲的父子关系，我们之间从来没有发生过。生于20世纪70年代的乡下，绝大多数父子的关系都和我们一样——父亲们先是忙着"斗"，接着又忙着起早贪黑地挣工分，最后又忙着分产到户……这时候的"父亲"其实是一棵大树，为一家老小遮风挡雨。作为孩子成长路上的一个重要角色，"父亲"是缺位的。我不知道这种无意识同时又无可奈何的缺位，是否在某种程度上影响过一代人，但至少，它在我的心里留下了难以磨灭的烙印——很长一段时间，我无法适应"父亲"这个角色，面对儿子的亲昵与依赖，我总会片刻无所适从。是的，无所适从。正如那一晚，听着他平稳的呼吸，压抑的咳嗽，尽管我疲倦至极，却久久无法彻底放松。

很长一段时间，我无法理解自己那一晚的退避之举，那不是排斥，也不是厌恶，更不是畏惧，而是一种"隔"。这种"隔"和冷漠无关，和亲情无关，甚至不是通常意义上的生疏与隔阂。我不知道其他的父子之间是否也存在这种"隔"，但我笃信，正是这种生理上的莫名的"隔"，让久病的床前无孝子，让诸多的父子形同陌路。

令我错愕的是，这种"隔"居然也潜伏在父亲的心里，而且似乎更"隔"。那时候，他已经不再单独居住，而是由我们兄弟三个轮流照顾。住在二哥家的那段日子，二哥特意做了两次鱼头炖豆腐，父亲一直很爱吃鱼头炖豆腐。第一次，鱼头炖豆腐就摆在他的面前，但由于二哥没有动筷子，也没有嘱咐他动筷子，结果一顿饭下来，那盘鱼头炖豆腐还是好好的。第二次，鱼头炖豆腐依旧摆在他的面前，二哥同样没有动筷子，也没有嘱咐他动筷子。吃到一半的时候，他终于忍不住了，主动将一小瓣鱼头夹到自己的碗里……他为此生了很长时间的闷气，一直在心里憋着，最后实在憋不住了，于是将事情原原本本地告诉了大姐。一开始，大姐想方设法地劝慰他。劝到后来，大姐不想再劝了，她先是佯装生气，继而和风细雨地责怪他。在儿子家里，你居然把自己当客人，还在心里埋怨儿子招待不周，天下哪有这个理？！憨厚的二哥哭笑不得，我们也哭笑不得，但我们心里都明白，父亲的疏离，源于一个老人的敏感与自尊。他已经迈进了人生的暮年与老境，生命朝不保夕，这时候，他比任何时候都需要我们的陪伴与关心。他明白自己已经老了，生命的烛火即将熄灭。在最后的关头，在对死亡的畏惧和对尘世的不舍这双重夹击下，他成了一个手足无措的孩子和向死而生的病人。事实上，所有的老人最终都会成为患者和孩子，他们一面诅咒肮脏的人世，一面又贪恋着朋友、亲人和儿女。

在烛火明灭的暮年，老人普遍变得多疑，子女们一星半点的疏忽，时常会引发雷霆之怒。往日的无神论者一旦迈入老境，通常也会从"唯物"转向"唯心"。一位退休的前副厅长曾经一本正经地告诉我，他多次目睹早已过世的老伴坐在沙发上，摩挲那块把玩多年的鸡血石。神情专注的老伴戴着一副金边眼镜，两颊深陷，苍白的脸上浮现着一丝淡淡的笑容……他细致入微而又栩栩如生的讲述，一度让我惊异莫名。当我自以为是地指出这只不过是他的幻觉时，他高深莫测地晃动着粗壮的食指，片刻之后，又意味深长地吐出几个字："你还年轻，不懂的……"

那时候，我确实年轻，也确实不懂，既无法理解他的高深莫测，也体会不了他的意味深长，我唯一笃定的是，这个风烛残年的疑神疑鬼的老人，已经不是那个在主席台上正襟危坐的前副厅长了——主席台上的前副厅长多次表示，百年之后，他要将遗体无偿地捐献给国家，他要"赤条条来去无牵挂"……如今我已人到中年，当我再一次想起他那高深莫测的神态、意味深长的笑容时，我依旧不相信他的"目睹"，但我自信已经懂了。这种"懂"，既是阅历，也是心境。

多年之后，当父亲也像前副厅长一样，笃定地说多次看见母亲站在自己的床边时，我便知道，我们的父亲，已经老了。

老，是千帆过尽，向死而生。

二

我还记得胡成林的父亲，老人矮而瘦，枯萎的牙床上醒目地坐着一两颗黝黑的门牙，笑起来，皱纹密布的脸像一幅木雕。每次去找胡成林，老人总要亲热地轮番摸摸我们的额头，坚持留我们吃饭。我们毫无例外地拒绝了，老人嗜酒，一个人独饮，下酒的是一小碟油爆花生米（大多数已经焦煳了）、一大盘腌萝卜、一瓷碗蒸鸡蛋，再多也没有了，他不会做。

大学毕业之后，成林和我一样选择了合肥。直到组建自己的小家庭，苦苦打拼的成林才松了一口气，将父亲从乡下接到了身边。那时候，成林的父亲刚过花甲，但他老得过于急切，上半身像一张绷紧的弓，大幅度俯向大地。他依旧嗜酒，一天至少喝两餐，一餐至少喝三两，三两酒之后，便和衣而睡。山响的呼噜像一串串呕哑啁哳的呼哨，一屋子的酒味令人作呕。醒来之后老人又端起酒杯，三两酒之后再次蒙头大睡。成林伤透了脑筋，在漫长的独居生活里，父亲已经有了严重的酒精依赖，也只有酒精，才能麻痹他中年丧妻的孤独与苦痛。为健康计，成林劝父亲戒酒，父亲自然不肯答应。成林于是一不做二不休，将家里的酒都藏了起来。第一天，老人潦草地扒了几口饭，勉强喝了几口汤；第二天，桌子上依旧没有酒杯，老人便拒绝吃饭，也拒绝喝汤；第三天，他终于坐不住了，挂着拐棍，在逼仄的卧室里挪来挪去，浑身上下，每一个毛孔都透着焦躁不安……见到如此光景，成林心下有些不忍，担心自己做得太绝，效果有可能适得其反。但成林的妻子不愿意让步，她认为老人已经酒精中毒了，这是病，应该趁早去看医生……儿媳妇的建议让老人大发雷霆，他骂成林"狗日的""你个牲口""绝户头"（没有男丁，意为无后）……当口无遮拦的老人火山爆发一般咒出"绝户头"这样恶毒的字眼时，成林面如死灰，他绝望地看着自己的父亲，后者愣坐在沙发上，低着头，像个犯错的小学生。空气瞬间凝固了，屋子里鸦雀无声。

父子间的争吵，是有道德约束和伦理禁忌的。是成林的父亲，这个被酒精冲昏大脑的老人，让一次平常的父子纠葛，变成了一场血淋淋的战争。

成林身怀六甲的妻子最终打破了沉默，她像一只受伤的母兽，发出一阵石破天惊的声嘶力竭的怒吼："你怎么能咒你儿子绝户？他绝户，难不成你还高兴啊？"老人的头已经埋进裤裆里，颤抖着，求饶的眼神瞟着成林。成林始终一言不发。直到身怀六甲的妻子吼到泪流满面，成林才将她扶进卧室，接着便重重地关上了房门……那一夜，老人一直坐在沙发上，孩子一样痛哭失声。一墙之隔的成林木然地听着，但他始终没有开门。他说："我迈不出去，客厅仿佛是个陷阱……"

我无法想象那被撕裂的一夜。一个重伤的儿子，一个无助的父亲，他们中间，横亘着一道无法逾越的天堑。

老人一语成谶，这个无意中的巧合，多年之后，依旧梦魇一样纠缠着成林。他无法走出父亲制造的心理阴影，也无法原谅那一天的父亲。

表面上看，老人胜利了，成林将喝酒的权利重新还给了父亲。但自女儿出生之后，在成林的心里，"父亲"这个人已经死了，活在他家里的，是一个他不得不去赡养的"孤寡老人"。因此，当那个"孤寡老人"提出想回老家独自生活一段时间时，成林毫不犹豫地答应了，他主动请了一天假，将父亲直接送到了老家。那时候，老人已经行动不便，双耳部分失聪。

重新被儿子接到身边时，老人已经被孤独和绝望彻底击垮了。他骨瘦如柴，一步一顿，一只手扶着腰，一只手抓着拐棍，几缕白发乱蓬蓬地披在头顶。老人的手指，像一根根枯萎的树枝，上面蒙着一层皱巴巴的皮。我相信每一根树枝都是冷的，它们毫无血色，像一个突然复活的标本。我贴近他的耳朵叫了一声"大爷"，他茫然地摇了摇头，脸上缓慢地浮起一丝混沌的笑容。他可能已经不认得我了，也或许还有一些模糊的记忆。在漫长的空巢岁月里，老人已经丧失了交流的能力与勇气。每次家里来人，他都主动藏起来，像一个胆怯的、认生的孩童。和几年前那个嗜酒如命的老人相比，现在这个老人已经失去了任何爱好，他主动将自己封闭了起来，像一个从未打开的包裹。这个由钢筋水泥构建起来的新世界，他从未真正融入过，他之所以寄居，是因为他已经穷途末路，无可奈何。

一个人活到这个份上，老到这个份上，大约所有的欲望都消失了。这时候，他们对人世已然了无牵挂，更愿意听从死神的指引与灵魂的召唤。对于这些老人来说，生，固然是一项基本权利，死，却意味着一种更高的尊严。当成林在电话里哽咽着告诉我，他的父亲突然上吊自杀时，我既没有意外，也没有吃惊。我沉默了片刻，想着如何安慰成林，我知道，我能说出口的，将会多么言不由衷！那一刻，我比成林更懂他的父亲。放下电话后，我长时间双手合十，在心里向老人默默地鞠了三个躬。

老人的轻生看似没有任何预兆。第一天夜里，他罕见地摸了摸孙女的脸，正在写作业的小女孩几乎被吓傻了，这个卡西莫多一样的老人，浑身上下散发着一股难闻的朽木的味道……成林不解地看着父亲，父亲平静地迎着他的目光，忽然说："我想喝杯酒，一小杯，可照？"一开始，成林有些不相信自己的耳朵，当他终于确信父亲就是想喝酒时，忽然有些心酸。这个突如其来的要求让他有些惊慌失措。最后，当他终于从储藏室里拎出一瓶尘封多年的高粱大曲时，父亲的兴味却又黯淡了下来，他慢慢地转过身去，用只有成林才能听清的声音说："我不喝了，留着你喝吧，这酒好……"

成林做梦也没有想到，这些其实就是预兆，刚刚过完七十四岁生日的父亲，竟以如此决绝的方式，在他的心窝里插上一把刀。

老人是在小区会所附近的一棵合欢树上吊死的，监控摄像头还原了轻生的具体时间和大致过程：凌晨两点三十七分，穿戴整齐的老人第一次经过会所，他左手拎着板凳，右手拄着拐棍（老人颤巍巍地站上了板凳，高矮适中）；三点十一分，当老人再次经过会所时，左手多了一根绳索（老人扔掉了拐棍。他将这根结实的绳索绾成一个死扣，勒紧了自己的喉咙）；三点十六分，老人从监控右侧慢慢消失，这是老人留给世界的最后一幅背影（如果不仔细分辨，这幅近乎蠕动的背影很像一条寻找食物的小狗）……

生，死，一念间。从生到死的路途看似漫长，其实不过四十分钟。

对于父亲的决绝，成林一半是自责，一半是埋怨。到了七七四十九天，成林揣着那瓶高粱大曲，深长地跪在父亲的坟前。他说："喝吧，我陪你喝一口……这酒好吧？好！那我们再喝一口……"朔风劲吹，无数马尾松在疾风中摇摆，山冈上滚过一阵阵松涛。成林说，喝完那瓶高粱大曲时，他的世界一片空白，有一种天老地荒感。

三

这两年，或因为病痛，或因为孤独，或因为不愿意再拖累儿女……许多老人都像成林的父亲一样，选择提前结束自己的生命。我所在的媒体曾发出这样的追问：究竟是一种什么样的绝望，让这些老人选择了轻生？都说"好死不如赖活着"，但对于这些老人来说，生，百无聊赖，死，万事皆空。结论显而易见：生，不如死。没有一个儿女愿意接受我们的正面采访，他们像成林一样自责和羞愧，像成林一样不愿意见人。死者固然得到了解脱，但在这些死者身后，匍匐着一个个千疮百孔的家庭。

生前，死者显然没有考虑过这些，也或许考虑到了，但在最后关头，他们还是放弃了所有的责任。面对媒体的围追堵截，一位死者家属义愤填膺地警告说：家家都有一本难念的经，你不要打扰我们行不行？媒体当然知道这时候确实不宜打扰，但媒体也有自己的社会责任。采访最终只能在外围进行，死者多大了？有没有子女？身体状况如何？如此等等。受访者大多一问三不知，略知一二的，也无法保证信息的真实性。在这个由钢筋水泥构建起来的新世界里，大家都是一个个尘封的包裹。所谓的和谐邻里，其实就是一群熟悉的陌生人。人不犯我，我不犯人。

浮游在这样的城市，寄居在这样的小区，所有的人都是孤独的，既失去了来路，也不知道何处是归途。当儿女们不得不去养家糊口，或者去拼一个未来时，老人们只能孤守一座座更深露重的庭院，在被抛弃的岁月里，独自荒芜。

随着一拨又一拨老人黯然离世，我们每个人的故乡最终都将沦为毫无温度的籍贯。在我的乡下，已经有了"清明大似年"这样的说法。每一年清明，母亲长眠的巢山总是人声鼎沸，热闹非凡，形形色色的小车长龙一样塞满了村口的道路，最远的一次塞到了两里之外的破罡街，奇瑞、江淮、丰田、奥迪、大众、宝马、奔驰……这些小车近的来自安庆和合肥，远的来自福建和广东。小村牌楼唯一一条通往世界的道路由破罡街发端，正是在这条坑洼不平的村道上，十九岁的我背着简单的行李，意气风发地挥别了牌楼和父母。现如今，二十多年过去，我的小村已经人迹寥落，空巢中的老人苟延残喘，废弃的巢山小学常年大门紧锁。

清明节当天，成林发了一条微信朋友圈："父母在，人生即有来处；父母去，人生即是归途。"图片上的老人笑眯眯的，像一幅木雕。凝视着那张皱纹密布的脸，我毫无来由地想到了自己的父母。母亲已经长眠，总有一天，父亲也会离我们而去，这样想着，忽然间，我泪落如雨。

补记：2017年7月24日，日落时分，父亲在老屋往生，享年八十二岁。那个燠热的黄昏，我看见天际缓缓飘过一朵祥云，像母亲慈祥的面容。那一刻，我感觉自己瞬间老去了十岁，黄昏无边无际，世界无边无际，而我却一片茫然，不知身在何地。精神脐带的彻底断裂，让我在天地间孤苦无依。

愿父亲在天堂里安息。

愿所有的逝者都在天堂里安息。

2017 年 7 月 24 日，日落时分，父亲在老屋往生，享年八十二岁。那个燠热的黄昏，我看见天际缓缓飘过一朵祥云，像母亲慈祥的面容。那一刻，我感觉自己瞬间老去了十岁，黄昏无边无际，世界无边无际，而我却一片茫然，不知身在何地。（此图摄于 2007 年 2 月 17 日）

未完成的葬礼

一

"你赶快给镇里的那个熟人打个电话，看能不能通融一下……"我瞬间蒙了，大脑一片空白，最不愿意看到的事情，到底还是发生了！电话那头二姐火急火燎，说到后来，已经满是哭腔。彼时，父亲的遗体已经进了火化炉，我和二哥正守在门外，候着父亲的骨灰。我翻来覆去地拖拽着手机里的通讯录，几分钟之后，我终于找到那个"熟人"的电话，又强迫自己冷静下来。那个"熟人"是镇党委副书记，每年春节前后，我们会互发一两条诸如"阖家幸福""万事如意"之类的祝福短信，仅此而已。我说了事情的原委，他很为难，在电话那头犹豫着，好半天之后，才不急不慢地说："现在确实不好办。你在媒体工作，政策是了解的啊，万一闹大了，怎么收场呢？江老，也是明事理的人啊……"他语重心长，又滴水不漏，我一时语塞，有些羞愧难当。

希望破灭了，晴天霹雳一般，太突然了，我们没有任何预案。然而，墓穴已经挖好了，大志的队伍还在巢山上等着，准备迎接父亲的骨灰上山。这时候，家里家外的人都成了热锅上的蚂蚁，不知道接下来应该怎么办。在牌楼，没有人遭遇过这样的变故，更糟糕的是，被中途叫停的葬礼，往往寓意不祥。义愤填膺的乡亲们围了上来，七嘴八舌地议论着，有人大声诅咒，有人建议按原计划下葬，看看谁敢阻拦……我们进退两难，既不希望节外生枝，闹得沸沸扬扬，又不希望违背父亲的遗愿，改变下葬的计划。

母亲长眠的巢山已经不允许土葬了，城乡一刀切，遗体一律火化。父亲生前无奈地接受了火化，他最大的愿望，是骨灰能够陪伴在母亲的身旁。不进公墓行吗？我们拿不准，问大志，大志胳膊一挥："前两天，万桥才葬了一个，桃园也葬了一个。人家葬了，你们怎么不能葬？"我们将信将疑："真的假的啊？"大志拍着胸脯，打包票："是我经手的，怎么会有假？村干部还到场喝酒了……"大志专门做殡葬，又说了两个参加酒席的村干部的名字，我们再无理由不相信他。然而，谁能想到呢？就在这个节骨眼上，居然有人向镇里的包村干部告了密。性质恶劣了，包村干部不敢大意。镇政府的电话一个追着一个，又专门派了两名干部守在村部。事态严重了，既无法挽回，也没有补救的余地。大志骂骂咧咧地走近堂哥，问："这怎么搞？

工钱怎么算呢？"堂哥站在枫香树下抽烟，既没有抬头，也没有理会大志。

烈日下的巢山，绿得发烫，像一张正在燃烧的油画。告密，太无耻了，闻所未闻啊！老西从墓穴里跳了起来，破天荒地绕过大志："我今年都六十六了，牌楼还没有发生过这号丑事。太缺德了，狗都不如，这就不是人干的事……"老西不知道，在中国两千多年的帝制统治中，告密之风曾大行其道。但小村牌楼没有告密者，抛开1966—1976这十年，牌楼的私人生活都是公共化的。朱家的二姑娘要许婆家了，一个村的妇女都围着她，有的帮着化妆，有的张罗着换衣裳，自然也有人咬着她的耳朵说几句悄悄话，话还没落音呢，二姑娘的脸就飞上了一抹红霞。胡家的老大要讨媳妇儿了，老少爷们也都主动登门，这个借他一条裤子，那个送他一条领带。荤段子当然必不可少，百无禁忌了，一屋子的人前仰后合，开怀大笑。遇到丧事，那就更不用说了，大家都会上门帮忙……见不得人的秘密当然也是有的，比如桃花和国平的私情，妇女们都指责过桃花，老少爷们都戏谑过国平，然而，指责归指责，戏谑归戏谑，没有人捅破那层窗户纸，那层窗户纸，是牌楼人固守多年的准则和伦理。回溯漫长的农耕时代，中国的乡村是一个相对封闭的熟人社会，秩序并不来自规范，而来自潜移默化的传统，那是一种心照不宣的德和礼。天地无德，而人始于"德"。《说文》："德，升也。"德就是从动物中升华出来的，像一把尺子，丈量出人和动物的分界线。

农闲时节，年逾花甲的老西总要出门打零工。"不打工怎么搞呢？大兄弟啊，别讲喝酒了，连五块钱一包的孬烟都抽不起啊……"老西的嘴唇颤抖着，眼睛瞪得大大的，像一头被激怒的牯牛（记忆中的牯牛。牌楼已经没有牯牛了）。我还记得老西的老婆，很喜庆的一个人，见谁都笑眯眯的，轻言悄语。2014年农忙，她感冒，始终好不了，气得把剩下的半瓶药都吞了下去。好了，天国里没有感冒，愿她安息。苦了老西，一个人，守着一栋空荡荡的房子，楼上楼下，富丽堂皇。但老西晚上基本不开灯，家里太亮了，愈发显得荒凉。这两年，在大志的引荐下，老西开始帮人"进房"（在牌楼，帮忙入殓的人俗称"进房"）。进房至少需要四个人，胆大，心细，非直系亲属，中年以上。岁月流徙，如今的牌楼，许多约定俗成的规则慢慢在改变，有些变化看得见，有些变化看不见。从量变到质变。中年人越来越少，常年在家留守的，只剩下十九位老人（其中还包括八位妇女，一位病人），四个蹒跚学步的孩子，两名小学生，一名初中生——除了专门的从业者（比如大志，再比如专门做老衣的唐裁缝），没有人愿意进房。作为一种职业，"进房"虽然和木匠、瓦匠、裁缝、剃头师傅一样抽百家烟、吃百家饭，但受尊重的程度很不一样。然而，牌楼还能进房的人已经青黄不接，大志选择老西，双方都是一种无奈的选择。"老西，交给你的两块糕呢？把脚垫起来！"（亡人的双脚要垫在两条糕上，寓意步步登高，往生极乐）"老西，把席子扔掉！"（亡人临终前睡过的被褥，以及铺在被褥下的席子和稻草，都要在室外烧掉）"老西，这件衣服你交给谁收好。一定要收好哎！烧屋还要……"（通常是一件白上衣，搭在灵屋上，便于亡人认领）老西像个听话的小学生，麻利地干完活之后，又低眉顺眼地回到大志身边，或者靠在门框上，一言不发地抽烟，随时准备去做下一件。

大志原是个杀猪匠，心狠，手辣，胆子大。后来，方圆数里已经没人养猪了，他于是放下屠刀，改弦易辙，办了一个殡葬公司，入殓、火化、安葬、立碑、修墓，一条龙服务。殡葬公司固定有十个人，牌楼四个，桃园三个，万桥三个，都是老年人。最大的，是大志的大舅哥，至少七十岁了，烟不离手，牙齿关不住风，语速一快，完全听不清楚他在说什么。为了养活这帮人，殡葬公司明码标价：火化，每人两包烟，来回车费一百八十元，劳务费每人一百八十元；安葬、立碑，每人每天两包烟，劳务费合计一千八百元；修墓，每人每天两包烟，劳务费合计三千八百元；进房入殓不收劳务费，但每人要给一条好烟（金皖，两百六十元一条）、两瓶好酒（两百元左右）……明码标价的部分是不能还价的，也不敢还价，这既关乎亡人的哀荣，也关乎家人的诚意。更关乎诚意的，其实是饭菜和烟酒。大志没有强求过饭菜和烟酒的档次，但他的不强求甚于强求。人家连进房的劳务费都不收了，你烟酒的档次能低吗？人家也一大把年纪了，还帮你家忙前忙后，你饭菜的档次能低吗？不能低了，低了让人看不起。每一场葬礼都是一段时间的谈资。大家都在背后互相比着呢，谁也不愿意在这种事情上丢面子。更何况，逝者为大。老人在地里刨了一辈子，节省了一辈子，也辛苦了一辈子，图啥呢？就图身后这点哀荣了。一来二去的，水涨船高，饭菜和烟酒的档次便有了定规，档次只能提高，不能下降。老西给我算了一笔账，在牌楼，要办一场像样的葬礼，大约需要五万块钱。这不算多，老西的脸上浮起羡慕的神色，说："隔壁桃园的那个高聋子，你可还记得哦，花掉了十万块！"老西伸出两根手指，在我面前晃动："十万块哎，那个排场……"我有些吃惊，老西以为我不信，又说："你不管，抽的都是中华烟。来帮忙的都付钱，男的出力，两百块钱一天；妇女做饭，一百块钱一顿……"

"高聋子，矮胖子，正月里来舞狮子。"声犹在耳。高聋子已经去往安详的天国，他是认得几个字的，却不让四个女儿念书。为了能和同龄人一起念书，小女儿负气投了井，水真凉啊，她又爬了上来，湿淋淋的，慢慢蹭进门。高聋子看在眼里，用鼻子哼了一声，问："可想念了？"小女儿拼命摇头，啜泣着，回："不念了……"高聋子光着膀子，盘着双腿，埋头喝稀饭，若无其事。高聋子的老伴有些轻微的智障，缩在锅洞旁边，扣着一口蓝边大海碗。

高聋子一生节俭，不舍得吃，不舍得穿，他死后，女儿在粮仓里意外地刨出五个塑料桶，里面塞满了钱。面对从天而降的巨额遗产，四个女儿号啕了一场，号啕完了，又从心底里原谅了父亲。她们没有争执，也没有从中拿一分钱，而是合力给父亲办了一场奢华的丧事——十万块啊，约等于普通工薪阶层一年的工资。我没有料到，妇女帮忙做饭这种小事，居然已经量化成了金钱，给的人大方，收的人爽快。一拍两清，不欠一丝人情。

还有人情吗？我不知道。我知道的是，乡下的葬礼已经不是我记忆中的葬礼了——哀乐低回，彻夜不歇；雪白的经幡遮天蔽日，漫天飞舞的纸钱；超度亡灵，要做三天三夜的道场，我们几个小伙伴挤在大人中间，目不转睛地盯着从扫帚沟请来的胡道士。胡道士轻敲铜锣、闭目诵经的样子，像黄昏里瞌睡的老祖父，皱纹里都是慈悲。下葬那天，村头的稻场上一字排开十几张餐桌，走马灯似的流水席从早晨就开始了，稻场上人来人往，家家户户，男女老幼，一个村子都在喧腾。这时候的牌楼，像一个其乐融融的大家庭。事实上，每一场葬礼，都是一个盛大的节日。在牌楼人的意识里，死亡并不是消失，亡人只是从家人变成了先人，悬在墙上，庇佑万世子孙。因此，丧事也是喜事，葬礼是结束，也是开始……记忆中的葬礼属于祖父、三娘、三爷、五叔和母亲，属于那些过世的牌楼的老人。没有人谈钱，也没有人要过钱。我相信，记忆中的任何一场葬礼，都不需要五万元。从土葬到火化，改变的不只是传统的风俗和碎屑的仪式，还有那种心照不宣的德和礼。

二

天地像个大蒸笼，阳光瀑布一样扑下来，地面上热气蒸腾。站在殡仪馆人来人往的走廊上，汗水前赴后继，从孝衣里渗出来，从孝帽里钻出来，一条汗水的溪流顺着背脊纷披而下。我感觉自己就快虚脱了，四顾皆茫茫。

殡仪馆建在一个平缓的山坡上，四周箍着一道低矮的围墙，墙头上戳着一排排玻璃碎片。酷烈的阳光从围墙外的油松上跳过来，玻璃碎片折射出烈焰一样刺眼的光。火化炉所在的建筑位置最高，从最低的一层平台往上看，火化炉巍然耸立，仿佛再往前一步就是天堂。耸入云端的火化炉，激发了死者家属对于天堂的合理想象。火化变得肃穆了起来，圣洁了起来，像一道仪式，很远古的样子，长亭外，古道边，芳草碧连天。从火化炉里抽出来的浓烟，在半空慢慢聚拢，像一团又一团翻滚的蘑菇云。它们有的滚成一匹马、一头猪，有的滚成一只鸡、一条狗，还有的滚成一朵扇面式的鸡冠花、灯盏一样的金银花……我出神地看着它们，和周遭格格不入，仿佛已经没有了悲痛。周遭都是人，或站，或靠，或坐，占据了每一级台阶、栏杆和石凳。他们身披孝衣，头戴孝帽，脚穿孝鞋，汗渍渍的脸上写满了疲惫与悲伤。死者家属和工作人员的区别显而易见，工作人员见惯了死别，总是一脸漠然，甚至是麻木与厌倦。在死亡面前，没有多少人愿意换位思考，死亡，是一宗无法分享的私人事件。然而，死亡又是必不可少的生命洗礼，一个人只有历经了死亡的悲伤，才能看清生命的本质和人生的真相。

近距离望过去，火化炉所在的建筑像一座中世纪的银灰色的古堡。斑驳的铁门怪异地镀上了八颗铆钉，鼓凸着，已经生了锈，仿佛是镶嵌在古堡上的几双半醒半寐的眼睛。如果忽略铁门右侧的铜牌，这里其实更像一座监狱，黑色的，毁灭的，永久的。进去的是肉身，浴火之后，出来的是涅槃后的骨灰。站在窗口内侧的阴影里，负责骨灰认领的是一个头发灰白的中年人，看上去不超过五十岁，神情木然，一副既没睡醒也没睡够的样子，似乎在阴影里站了一生。"吴空军，吴空军。"一个瘦削的老汉挤了进来，身上都馊了，青筋暴突的双手颤抖着，像两根枯树枝。老汉捧起骨灰盒，黝黑的脸，凹陷的腮部一次次抽动。那个名叫"吴空军"的人已经成了一抔灰，长眠在黑色的骨灰盒里，他的遗像将以先人之名挂上墙。所谓"后人"，时常只意味着两代人，再往"后"就是奢望了。一个人的祖宗生涯，其实和他的人生一样短暂，或许比他的人生还要短暂。不久的将来，他将沦为一个抽象的符号，后人既不知道他的名字，也不知道他的身高、体重、职业、学历、业余爱好……从进入火化炉的那一刻起，他就不存在了。天空没有翅膀的痕迹，但他已经飞过。

"吴空军"长眠的骨灰盒是一座木雕的宝塔，上下两层，工艺精细，光可鉴人。这座宝塔能存放多久？十年？二十年？五十年？我不知道，估计也没人知道。殡仪馆里的骨灰盒种类繁多，价格不等，最贵的一种，定价在八万八千元。有人订吗？有，一年能订十几个。开票的小伙子没有抬头，他也没有工夫抬头，长长的订制骨灰盒的队伍像一条懒洋洋的缓慢游动的白蛇，已经排到了大门口。

父亲的骨灰盒是二嫂订的，大理石的材质，庙宇的形状，侧面望过去，像一面乳白色的徽派马头墙。父亲敬畏庙宇，也喜欢乳白色，但我不敢确定他是否喜欢大理石，也不敢确定他是否喜欢马头墙。和被中途叫停的葬礼一样，父亲的离开太过突然，甚至没有来得及和我们说一句话。

丁酉年酷暑，温度之高出人意料，持续之久异乎寻常。那是父亲最后的生命时光。每当夜深人静，他总要摁亮小夜灯，无所事事地靠在床上。他在想什么？我不知道，也或许什么也没有想，就是醒着，守着第一缕天光穿过窗纱。父亲独自醒在床上，而我和妻儿正在熟睡，他的孤独与无助、寂寞与悲凉，我既无法体会，也不能想象。事实上，我从未想象过父亲的寂寞与悲凉。在他生命的最后半年，我们之间的交流变得非常困难。他基本上不再开口了，即便是开口，也只是一些无关痛痒的老话题，语音含糊，语焉不详。等我终于摸到他的意思并接上话茬时，他已经垂下眼睑，再也不搭腔……他原本就是个郁郁寡言的人，晚年尤甚。他的沉默，一眼望不到尽头，像暗夜里的一片大海，又仿佛一口幽深的古井。在他的沉默里，岁月老了，亲情也老了，不老的，只有如影随形的披着黑色大氅的死神。父亲从来没有怕过死神，他和死神说话，甚至向死神追问母亲的下落，三伯和三娘的下落，五叔和山坡堂兄的下落……沦陷在暮年的光阴里，父亲无比怀念那些早他一步离世的先人。那些夜深人静的时刻，他时常看见先人站在床前，一言不发，衣着和离世时一样。他急于和他们交流，然而没有人理他。他于是长时间喃喃自语，半醒半寐的样子，看上去，像是在梦呓。一天凌晨，我猛然从睡梦中惊醒，发现父亲的卧室里亮着灯，他靠在床上，脸上浮着一丝古怪的笑容。"我看见你妈了"，他说，"给我掖被子，还问我冷不冷……""哦。"我神思恍惚，转过身去，顺手熄了灯。

今天想来，在我转身离开之后，他瞬间成了一个无助的婴孩，独自沉陷在漫漫的黑夜中。他的周遭，包裹着无边无际的盛大的黑，他即将溺水，而我，是当时唯一可以救他的人。真是不孝啊！我竟忽略了他脸上久违的笑容，竟没有坐下来陪他说一会话，反倒让无边的黑暗，编织成淹没他的大海、囚禁他的牢笼。

他是否埋怨过我的冷漠与无情？我不知道。我以为，他只是做了一个梦。

这一次，他永远地睡着了，享年八十二岁。时间定格于2017年7月24日（丁酉年闰六月初二），夕阳西下时。

父亲没有留下一句遗言，但我们都知道他的遗愿。然而，他的遗愿，已经无法再实现。捧着他的骨灰，面对他的遗像，我们这些不孝子长跪在地。

寄存室的铁门"咣当"一声锁上了。室外室内，阴阳两隔，两个截然不同的世界。我们把父亲一个人安置在那间暗无天日的鸽子笼里，没有阳光，没有烟火，他若活着，万万不会去的。然而，他再也不能反对，像一滴水，他已经从世界上消失了。

三

　　丧礼是件大事，在牌楼，古旧的习俗一息尚存，比如"响七""烧屋"和"百日祭"，这是三个不可或缺的重要仪式，也是需要后人全部到场的重要日子。每一个需要后人全部回来的日子，孙子辈并没有全部回来。孙子辈都出生在城里，对于他们来说，皖江北岸的牌楼只是一个没有温度的地名或籍贯，父亲或母亲的故乡。他们需要导航才能回到牌楼。他们尖叫着牌楼的残山剩水，哇，摆造型，拍照，发朋友圈。

　　牌楼不在了，故乡还在吗？死神锁走了我的父亲和母亲，也剪断了我和牌楼之间的精神脐带。

　　作为故乡的牌楼已经空了。每一次面对牌楼的残山剩水，我都要在心底为它默哀一次。如今，父亲和母亲已经长眠，故乡牌楼，我再也回不去了！

　　按照习俗，烧过灵屋，葬礼就算结束了，但父亲的葬礼并没有结束，他一直待在那个暗无天日的鸽子笼里，等着入土为安。我们为此食不甘味，夜不能寐，问堂哥，堂哥苦笑，叹了一口气。又问老西，老西说："其实是一样的呢，现在也不同以往了。他是明事理的人，不会怪你们的……"老西的话让我们慢慢释然。那些丧葬的仪轨属于那个已经消失的牌楼，现在的牌楼已经删繁就简，宛如一个新世界。我们心安理得地接受着这个新世界，在日渐加深的荒芜里，加速背叛与逃离——这一次背叛，比以往任何一次都要决绝；这一次逃离，比以往任何

作为故乡的牌楼已经空了。每一次面对牌楼的残山剩水，我都要在心底为它默哀一次。如今，父亲和母亲已经长眠，故乡牌楼，我再也回不去了！

一次都要彻底。

按照习俗，烧过灵屋，我们将父亲的遗像挂上斑驳的土墙。父亲成了我们的先人，和祖父、外公、外婆及母亲一起，在冥冥中庇佑着我们。

父亲和母亲的时代结束了。我们这些不孝子，大步流星地抛弃了牌楼——既没有退路，也失去了归途。

枯荣勿念

老家的院子里，有一棵枝繁叶茂的桂花树。小村牌楼，也只有这一棵桂花树。父亲喜欢栽树，梧桐、香樟、枫香、海棠、枣树、桃树、杏树、香椿、刺槐、木槿……方圆数里能买到的树苗，父亲都想方设法地买回来栽过。父亲可能没有想到，他竟在无意间创下了小村牌楼的多项栽树纪录，部分纪录一直保持至今，无人突破。

父亲是牌楼第一个栽梧桐树的人，那一年，大哥成为恢复高考后牌楼的第一个大学生。那天上午，当父亲扛着两棵梧桐树，汗流浃背地走进村口时，刚刚放下碗筷的乡亲们七嘴八舌地围了过来："你怎么种这个树哦？这个树，听讲没什么大用。"牌楼人没有见过梧桐，唐木匠和木材打了多年交道，也不敢笃定，一脸疑惑地看着我父亲。父亲一面散烟，一面大声说："古话不是讲了嘛，'栽下梧桐树，引来金凤凰'。这是法梧，法国人种的梧桐树……"牌楼人大吃一惊，地理知识不够用了，法国，远在天边啊，法国人种的树，怎么就能种到牌楼来呢？唐木匠已经接上了火，忧心忡忡地看着我父亲，好半天之后才吞吞吐吐地说："这能栽活吗？栽活了，又能做么事呢？"父亲没有接话，却从门后拎出一把大铁锹，在大门前的空地上，毫不迟疑地画了两个圈。这两个圈，父亲显然早就在心里盘算好了，那是属于梧桐树的位置，一左一右，以大门为中心，相互对称。父亲读过几个月私塾，迷信风水，讲究对称，是牌楼为数不多的几个知识分子之一。由大门延伸出来的，是父亲画在自己心里的一条中轴线，穿过牌楼人高低错落的平畴，无遮无挡，一马平川。中轴线的尽头，是烟波浩渺的白荡湖，湖畔奔腾的群山，像一团老墨濡染在天边。雨季的白荡湖水天一色，雾茫茫的，周遭笼成了一片。放晴的白荡湖则是一幅巨大的油画，白的白，黑的黑，绿的绿，红的红，远山淡影，落日熔金。年少的我时常坐在门槛上，若有所思地托着小脑袋，远眺白荡湖。晚霞的金光从梧叶间泻下来，屋顶上，炊烟正在升起。

"人不能伤心，树不能伤根。只要不伤根，树，比人容易活呢……"对于栽树，父亲总是充满信心。父亲是对的，时间是最好的证人。移栽过来的梧桐树很快就活了，长得也快，几年时间就高过了屋顶，不偏不倚地竖在大门两边，亭亭如盖，一地浓荫，像两尊绿色的门神。我还记得那些盛夏的夜晚，平畴里蛙声如雨，明月朗照，清风在枝丫间曼舞。我和妹妹躺在凉床上，乳汁一样的月光从阔大的梧叶间泻下来，像母亲的手，梦境一样美，梦境一样柔……燠热的午后，不能劳作，梧桐树下总是坐满了人，男的晃着草帽，女的摇着蒲扇，一片欢声笑语。这时候，父亲总是面带笑容，乐不可支地穿梭在乡亲们中间，端茶续水，不知疲倦。队里没有会议室，每逢集体开会，梧桐树下的空地，便成了约定俗成的开会地址。就连那些进村入户的手艺人，也喜欢坐在梧桐树下，算命、说大鼓书、舞狮子、修伞、剃头、打篾、补锅……日子久了，梧桐树便成了我家的标志。还没到村口呢，从机耕路上远远地看过来，最醒目的便是两棵梧桐树，绿油油的，像擎在屋顶上的两把伞。遇到问路的，大家总会说，喏，看到没？望着树走，就到了。首次来访的人于是昂着头，围着两棵梧桐树打转，啧啧称奇。父亲得意地陪在旁边，不说话，笑容从嘴角慢慢爬上来。父亲中年发福明显，脸却很瘦削，笑起来，满脸都是褶皱。

父亲栽树成活率极高。他不仅会栽树，而且会养树。我记事时，房前屋后的树木已经很多了，春来花团锦簇，夏日浓荫匝地。父亲养树非常用心，尤其是对那两棵梧桐——春天上树剪枝，冬天还要绕着树根刷一遍石灰水——他不愿意做农活，却很愿意做这些事，终生如此。他腰身臃肿，上树便很吃力，失足摔下来的事情几乎每年都会发生。有一次，他摔得不轻，大哥刚准备上树，他就从床上爬起来，大声喝止，坚持要自己上树剪枝。母亲虽然担心，也很生气，但他固执一生，只好由着他的性子。我和二哥站在母亲旁边，昂着头，提心吊胆地盯着他。一寸寸地攀爬，又吃力地抓住最矮的枝丫，肥胖的身躯沿着树干，慢慢地蜷上去，蜷上去……好半天之后，终于坐稳了，又低头冲我们笑笑，得意的神色，像个顽皮的孩子。

　　为了上树，父亲后来专门打了一架梯子，这在那个年代，是一件很奢侈也很扎眼的事。寻常人家，要什么梯子呢？一年使不上两回，太浪费。事实上，树木成材之后，父亲已经不再上树剪枝了，梯子便常年搁在仓库里，落满灰尘，几乎成了摆设。有一年，唐木匠来给德坤"圆材"，母亲和唐木匠商量好价钱，将梯子悄悄地卖掉了。父亲很快就发现了这个秘密，气得脸红脖子粗，大发雷霆。父亲和母亲青梅竹马，很少红过脸，这一次，是为数不多的一次正面冲突。父亲严肃而古板，发起火来是很怕人的，像平地袭来一股龙卷风。好在他的脾气来得急，去得也快，脾气一发完，一切便又烟消云散了，往往会主动让步。但这次例外，他不吃不喝，沉着脸，大张旗鼓地宣示着对母亲的不满。第二天一早，母亲便找到唐木匠。唐木匠了解父亲的脾性，二话没说，又把梯子扛了回来。梯子失而复得，父亲反倒显得有些扭捏，他独自坐在堂屋里，低着头，默默地抽烟。母亲独自在厨房里忙进忙出，故意不理他，更没有开口叫他帮忙。我们都察觉到了父亲和母亲之间那种微妙的变化，进的进，出的出，谁都不说话。

　　母亲站着炒菜，父亲蹲着添柴，这是腊月、正月和农闲时节，我们经常能看到的景象。这温馨的一幕深深地烙在我们的脑海里，许多年之后，我们才体会出其间不寻常的意义。父亲母亲是土生土长的贫贱夫妻，面朝黄土背朝天，一辈子没有大富大贵，却从未抱怨过繁重的农事与清贫的生活。在那些清贫的日子里，父亲的态度惊人地坚定，就算举债，也要供儿女们读书。他像种树一样孜孜不倦地培育着儿女，浇水、施肥、喷药、培土、剪枝……一个接一个，梯队式的，周而复始。继大哥考上大学之后，我也不负众望，如愿以偿地走进象牙塔。一门出了两个大学生，这在乡下是件稀罕事，牌楼至今没有第二家。父亲和母亲的心情，可想而知。

梧桐长到碗口粗的时候，方圆数里的木匠闻风而动，前脚撵后脚地找来了："你出个价。大老远地跑过来，我是真心想买啊……"价钱层层加码，父亲却没有一丝动摇，他总是笃定地摇着头，气定神闲地说："古话不是讲了嘛，穷不卖树，富不丢猪。我不卖的。"这哪是什么古话呢？木匠心知肚明，只好讪讪地笑着，终于死了心。一而再再而三，在牌楼人眼里，父亲渐渐成了一个摸不清路数的"怪人"。乡下人都是实用主义者，他们无法理解一个庄稼汉子何以对树木有着这种近乎偏执的热爱——树长在那里，不能吃，不能穿，难不成就图它好看，就图它一片阴凉吗？一头猪的钱啊，就是不卖，脑壳坏了哦！风言风语终于传进母亲的耳里，也或许，她们就是说给母亲听的。母亲蹲在河边洗衣服，不以为然地笑笑，既没有生气，也没有分辩。洗完了，站起身，拎着篮子，埋着头，一面走一面悄悄地抹眼泪。

进门后的母亲已经恢复了常态，像什么事情也没有发生一样，晾衣服、择菜、淘米、做饭。母亲的隐忍助长了父亲的怪脾气。在母亲眼里，父亲也是她的孩子，她包容甚至纵容着父亲的一切，毫无保留地牺牲着自己。从某种程度上说，父亲是被母亲惯坏的。

有一回，一个远房亲戚突然找上门来，父亲陪着他喝酒（来自破罡街上的"老泉酒庄"，九毛钱一斤的散装烧酒）。喝到七八成，远房亲戚终于放下酒杯，切入正题，做起父亲的思想工作，说，儿孙自有儿孙福，自己的福气要抓住；说，人心不足蛇吞象，过了这个村，没那个店哦；说，树，你再栽就是了，干吗要在一棵树上吊死呢……是的，是的。父亲一个劲地点头，一个劲地劝酒。父亲的态度竟让远房亲戚产生了误解。第二天一早，我们还没起床呢，远房亲戚就领来一个高而胖的年轻人（黑黝黝的，像座铁塔），拎着一把贼亮的大电锯，准备砍树。父亲的酒意立即散了，他几个健步跨到树下，沉着脸，说："你昨晚没喝多吧？我没说要卖树啊！"亲戚愣在树下，红着脸，好半天才回过神来，不知所措地望着铁塔。铁塔拎起电锯，拔腿就走，临走前甩下一句粗话。

"这号人，"亲戚一脸尴尬，"我好心好意的，他还骂我。你看看……"

父亲一次又一次拒绝，让梧桐树有了一把"尚方宝剑"，它们没心没肺地长着，苍翠挺拔，高耸云天。在梧桐兀自生长的日子里，我们兄妹六个接力一样离开了皖江北岸的牌楼，在更为广阔的世界工作、生活、安家。几乎与此同时，属于牌楼的静谧岁月也在悄然流逝，连同那份古旧、素朴与自然。那是一个春风鼓荡、激情澎湃的年代，一批又一批牌楼人洗脚上岸，前赴后继地走进菜市场、建筑工地、大街小巷……他们离开时几乎赤手空拳，回来时却意气风发，背着大包，拎着小包，穿着老一辈牌楼人从来没有穿过的西装、夹克、皮草。他们名下依然有田，每年还能领到数额不等的粮食补助，但他们已经疏离了农事，属于他们的良田原先就那么荒着，后来，全给了村里的种粮大户。一开始，种粮大户每年都会给几百块钱，给一两袋当年的新米，后来便种成了自己家的田，既不给钱也不给米了。都是熟悉的乡亲，抬头不见低头见，真不给也就不给了。

牌楼原先有三个种粮大户，每一户都种了二三十亩地，早稻、中稻、晚稻，间种小麦和棉花，田埂上还爬满了山芋、花生和绿豆。灌溉的沟渠里养着鲩鱼和鲫鱼，种着莲藕和茭白……他们是真能吃苦啊，农忙时节，一家老小几乎昼夜不息，抢着种，抢着收。忙到最后，只有宪兵坚持了下来，一年种一季中稻，十亩地左右，外加两亩多棉花、两亩多小麦、一亩玉米和半亩左右的秋葵。

宪兵长我八岁，玩性大，是牌楼最有影响力的"孩子王"。他胆子大，徒手抓蛇，抖一抖，又抢成一个圆圈，呼呼呼，一甩手，一根烂草绳笔直地飞出去。秋天，巢山上缀满了五颜六色的浆果，认识的不认识的，他都敢摘，也不洗，直接往嘴里塞……我离开牌楼后，他便从我的视线里消失了。直到前几年，才听说他在张家港打工，结婚早，育有一儿一女。儿子初中毕业后一直东打油西打浪，先是学木匠，不想学了，嫌累，改学汽修；汽修学了两个月，又嫌脏，改去学电脑，结果又半途而废；晃荡来晃荡去，年纪晃大了，又一门心思想着结婚。再不争气，总归是自己生的，宪兵无奈，只好答应，只指望成亲后儿子能够收收心。媒人把门槛都踏破了，哪知道儿子自己相中了一个，还不到二十岁，直勾勾地看人，水蛇腰，高跟鞋，风摆杨柳似的走路。宪兵死活不同意，又拗不过儿子，只好不顾老脸，四处托人，一次次登门说亲。为了这门亲，宪兵下足了血本，光彩礼就付了十万块，还不包括金银首饰、里里外外八套衣服、春夏秋冬十六双鞋，以及一年四季的系列化妆品……儿子如愿以偿地娶回了水蛇腰，过了一年大门不出、二门不迈的神仙生活后，终于和水蛇腰一起出门打工。"十万块，要这么多啊！"我吃了一惊。父亲却只是笑笑。十万块钱的彩礼原来并不算多，和城里的一套婚房相比，十万块钱的彩礼，其实还不足一个零头。水涨船高，如今的乡下，开口就要二十万彩礼的准丈母娘，比比皆是："我不就帮女儿要一辆车子嘛，还不是什么好车子……"女儿倒是省心，本硕连读，又谋到一个好工作，入职五年，晋升为项目主管，三十万年薪，经常出国。2011 年，常年在外务工的宪兵翻新了牌楼的老屋，一门心思做起了种粮大户，望眼欲穿地盼着抱孙子。谁能想到呢？几年过去了，水蛇腰还是水蛇腰，没有一点动静。宪兵的老妻每逢初一和十五，必到巢山庙跪拜观音娘娘，风雨无阻，雷打不动，腰都跪断了，只要一变天，腰部就隐隐作痛。早起捡粪的牌楼人总能看到她祷告归来，低着头，疾步走，仿佛刚过门的小媳妇，羞于见人。

她老得很快，又总是病恹恹的，眼神浑浊，像一盏灯，黄豆大的火苗跳荡着，随时有可能熄灭。

"你这是荣归故里，衣锦还乡啊！"有一次，我和宪兵开玩笑，"你怎么想到种秋葵的呢？不太好卖吧？"周而复始的农活太劳人，宪兵刚知天命便已谢了顶，一圈鬓发全白了，昔年那个顽劣的"孩子王"，已经遁迹于岁月深处，踪影全无。"不卖啊，也不值几个钱，还不够吃的。她们有的喜欢吃，有的还吃不惯呢，说是苦……"他蹲在门槛上默默地抽烟，想笑，又忍住了，烟牙突出来。

"她们"，是照料留守儿童一日三餐的奶奶和外婆。她们中的绝大多数，一辈子不曾走出过牌楼，在牌楼生，在牌楼死，寂寂无闻，像山冈上那些无主的野树。如今她们还剩六个，盘在门口，守着空荡荡的老房子，盯着空荡荡的机耕路，昏昏欲睡。每次回牌楼，她们都老去一轮，确认是我，喜出望外，抓住我的手，摇晃着，核桃一样的脸递过来，皱巴巴的，拳头大的一团。

她们让我相信，死亡不是一次发生的，而是有一个漫长的渐变的过程。她们在一天天地生，其实也在一天天地死，向死而生。她们终将离开。她们之后，牌楼只有草木，地老天荒，一岁一枯荣。

谁能想到呢？固执了半生，到老了，父亲居然背着我们，将梧桐树的处置权交给了宪兵。父亲想用两棵梧桐树置换两具寿材，一具给自己，一具给母亲。宪兵在电话里和我商量："四爹想怎么搞，我就怎么搞。你放心就是了，我不会亏了他老人……"消息突如其来，我始料未及，也没有心理准备，只好应承着，将事情托付给宪兵。我也只能托付给宪兵。在牌楼，我找不到第二个还能托付的人。村支书、村主任、生产队队长一呼百应的时代结束了，牌楼已经多年没能选出生产队队长，只好每户轮流当。宪兵常年在家，又是种粮大户，其实是合适的队长人选，但他太忙了，也不愿意，于是成了"编外队长"，在"轮值队长"缺席的日子里，义务给乡亲们帮忙。"轮值队长"常年在外务工，岗位形同虚设，作为一个自然村的牌楼已经名存实亡。

没有了梧桐树，老屋突然失去了屏障，孤零零的，像一堆陈年的稻草垛。"人不离家，家不离树。家边上没树，终究是不好……"我能理解"人不离家"，却理解不了"家不离树"——这当然都是父亲的发明，并没有多少科学依据。我知道，父亲又想栽树了。果然，第二年春天，父亲就在老屋四周栽了十二棵香樟，到了深秋，院子里又添了一棵一人多高的桂花树。牌楼人种过桃花、杏花、梅花、栀子花，养过菊花、月季、水仙、兰花，就是没人栽桂花树。周边几个村子，我也没有见过桂花树。这么大的桂花树只能移栽，父亲是从哪里移的呢？我问父亲，父亲笑而不答，仿佛那是他和桂花树之间的一个秘密，不能轻易说破。

第二年早春，桂花树就开枝散叶了；到了春末便蓬蓬勃勃，到了盛夏又蓬松了一轮；到了初秋，仿佛一夜之间，枝叶间便缀满了细碎的米黄色，淡雅的香气静静在弥漫；中秋前后，花香渐趋馥郁，空气中仿佛有一条飘香的河流，当夜露垂降，失眠的人能听见河水在流淌。

因为这棵桂花树，老屋醒了，牌楼醒了，古稀高龄的父亲也仿佛年轻了一轮。房屋四周的香樟也跟着疯长了起来，它们越过屋顶，集体冲向高而远的天空。草木仿佛懂得父亲的心思，兀自生长，几乎不用父亲再劳神。有一年，春雨连绵，山墙边先是冒出几棵槐，抽到扁担长的时候，山墙边又钻出一株瘦骨伶仃的梓。父亲没有在意槐，却注意到了梓——梓，太少见了。古人栽桑是为了养蚕，种梓是为了点灯（梓树的种子外面包着一层白色的蜡，蜡烛的蜡），桑梓因此成为故乡的代指，《诗经·小雅》有云："维桑与梓，必恭敬止。"父亲喜不自胜，和我们说了四五次。

我不认得梓，牌楼也没有人认得梓。父亲是怎么认得的呢？

山墙边空隙逼仄，雨季又过于潮湿，父亲便把梓小心翼翼地移了出来，栽在院子里，和桂花树遥遥相望。那是他最后一次栽树，却不料，竟没有栽活。父亲知道树皆喜光，却不知道梓不耐干，偏偏就喜欢山墙边那种湿润的土壤。

父亲已经老了，既没有拔掉枯死的梓，也没有重新移栽一棵树。他每年都要加固的山墙很快就塌了，一起坍塌的，还有半边低矮的厕所。山墙边原本还有两棵碗口粗的泡桐。夏秋时节，一丛丛金银花扶摇而上，清风徐来，像一帘迎风招展的花的瀑布。母亲喜欢金银花，每天早上，上完厕所，总要顺手摘下一两朵，搁在大桌上一只盛满清水的旧碗里。旧碗里的金银花吸足了水分，像出浴的少妇，既饱满，又娴静。谁知道呢，两棵泡桐突然一起枯死了，金银花也随之消失，仿佛是随泡桐而去。

时节如流。母亲父亲相继离世，无人居住的老屋迅速破败，院子里杂草丛生，很快就成了一座无人问津的废墟。老屋四周的草木依旧荣枯，它们从来没有停止过生长，在属于它们的时光里，寂寞凋败，无主盛开——曾经的主人弃它们而去，无声无息，像草叶上暂停的一颗露珠。我始终笃信，万物有灵。和禽畜一样，草木也是人类的近亲，它们安静地吐纳，呼应着天地、万物、众生。"天地不仁，以万物为刍狗。"你我皆过客。亘古长夜属于草木。草木在大地上荣枯、繁衍，是大地真正的主人。人生七十古来稀，而树木的寿命通常都超过一百年，很容易就超过一百年？你知道吗？常见的柳树可以活一百五十年，梨树三百年，枣树四百年，榆树五百年，樟树八百年，无花果树可以活一千年。针叶植物的寿命则更长，雪松能活两千年，柏树能活三千年，云杉至少能活四千年。猴面包树是一种从远古活到近代的神奇植物，植物界著名的老寿星，能活五千年。猴面包树还是已知的最粗的树种，一棵猴面包树的果实，能供两个人享用一生。这还不是最能活的。近代地理学的创始人之一、著名自然科学家洪堡德在非洲的俄尔他岛考察时，发现了一棵八千多岁的龙血树，树高十八米，主干直径近五米，这是迄今为止已知的植物中最高寿者。龙血树生长极其缓慢，几百年才能长成一棵树，一百年才开一次花。龙血树受伤后会流出血色的树脂，这是一种名贵的中药，有活血化瘀、消肿止痛、收敛止血的良好功效，李时珍在《本草纲目》中誉之为"活血圣药"。龙血树原产于非洲的加那利群岛，当地人传说，这种血色的液体其实是龙血，因为龙血树是在巨龙与大象交战时，血洒大地后生出来的——这当然是无稽之谈，不足为凭。

牌楼最长寿的老人，活了九十三岁，卧床半个月，最后一个人撒手西归。儿子近在咫尺，竟没有发现。迟迟没有人发现。腊月了，外出务工的牌楼人候鸟一样飞了回来，小村像一只长年冬眠的母兽，迎来了短暂的春天。人多费柴火，便有人盯上了我家的院子，打起了桂花树的主意。老屋无人，桂花树无依无靠，终于在主人离开之后，被无情的狂风连根撼起，植株倾覆在地。前几年，为了防倒伏，我们特意在桂花树四周支了几根"树撑子"，谁能想到呢？"树撑子"竟被人偷走了！"山上都是柴火，谁这样缺德，连'树撑子'都要偷呢？"我问宪兵。宪兵有些为难："你叫我怎么讲呢？估计也不是他一个人偷的……"

我能猜到是谁偷的，那是两棵梧桐树结下的抵牾。父亲往生，方圆数里的亲戚都来了，只有他过门而不入，却在父亲走后，三番五次地破门。父亲的老屋已经被他搬空了，包括几把生锈的镰刀、锄头、铁锹，父亲用过的一只保温杯，大半桶茶叶，一只水壶，两个热水瓶，一个电饭煲。无人居住的老屋就是一口深井，老辈人认为不祥，他怎么就敢进门呢？墙上的父亲抿着嘴角，一言不发，目光沉静。

人未走，茶已凉，这赤裸裸的现实让我心寒。然而，这是我的胞衣之地，亲人在此长眠，每一年清明、冬至，我都会回来，雷打不动，风雪无阻。和那些常年在外务工的牌楼人一样，我也是一只候鸟，在内心的召唤下，一次次折返于故乡与异乡。

无人居住的老屋迟早会坍塌，烂泥一样坍塌的老屋，牌楼已不止一两家。冯骥才先生曾援引过这样一个官方数据：2000年至2010年十年间，中国总共消失了九十万个自然村，"比较妥当的说法是，每天消失八十至一百个村落"。这是一个触目惊心的数据，和九十万个村落一起消失的，还有厚重的历史、文化和传统。当某一天（无法预估，终将来临），父亲的老屋突然坍塌之后，对我们和孩子们来说，"故乡"究竟意味着什么，而地理概念上的"故乡"，还剩下什么呢？

> 绿树村边合，青山郭外斜。（孟浩然《过故人庄》）
>
> 倚杖柴门外，临风听暮蝉。（王维《辋川闲居赠裴秀才迪》）
>
> 绿遍山原白满川，子规声里雨如烟。（翁卷《乡村四月》）
>
> 一水护田将绿绕，两山排闼送青来。（王安石《书湖阴先生壁二首》）
>
> 稻花香里说丰年，听取蛙声一片。（辛弃疾《西江月·夜行黄沙道中》）
>
> ……

这是我的胞衣之地，亲人在此长眠，每一年清明、冬至，我都会回来，雷打不动，风雪无阻。和那些常年在外务工的牌楼人一样，我也是一只候鸟，在内心的召唤下，一次次折返于故乡与异乡。

我的孩子已经十二岁了，他既没有听过村野里的蛙声，也没有闻过稻花香。什么是"竹喧归浣女，莲动下渔舟"？什么是"草长莺飞二月天，拂堤杨柳醉春烟"？要理解这些优美的句子，他只能依靠自己的想象。而对于未来的孩子们来说，这些优美的句子可能不再是写实，而是老祖宗构筑的乌托邦。

　　院子里，失去支撑的桂花树依旧顽强地活着，像一个倒伏在地的无人搀扶的老人。到了秋天，院子里依旧香气袭人，那一缕淡雅的芬芳，宛如牌楼的灵魂。每一座村落都有自己的灵魂，或许是一堵斑驳的土墙，或许是一口幽深的古井，也或许是一棵盘根错节的老树……附着村庄的呼吸、心跳和体温。我知道，只要桂花树还活着，牌楼就不会消失，故乡就不会消失。游子也将如期归来，绕树三匝，有枝可依。

　　落叶是村庄的拓片，每一枚落叶，都是一位逝者。枯荣勿念。

乡村的肾，母亲的肾

母亲病了，尿毒症。

对付尿毒症只有两条路，一条是透析，一条是换肾。母亲年事已高，换肾这条路走不通，唯一的办法就是依靠透析维持生命。"透析是个小手术。"医生笑着说，语气显得非常轻松。半个小时之后手术就结束了，据说是手术里时间最短的一种，简直让人难以置信。

医生在母亲的腹腔埋下两根管子，通过第一根塑料管，输入透析液（品名：百特。产地：广州。容量：2000cc。价格：33.5元），尔后，再依靠腹膜这道"过滤网"，将体内的毒素过滤一遍。三个小时之后，从另一根管子里筛选出来的毒液，呈现出温暖的橘黄色。我询问过不同的医生：究竟是哪些毒素构成了这种温暖的橘黄？医生的回答让我大吃一惊：人体内部的毒素数不胜数，每一种毒素都有一个临界点，它们互相中和，人就万事大吉，一旦出了错，就和一种可能的疾病隐秘相连。然而，没有一个医生敢笃定，究竟是哪一种过量的毒素最后在主导透析液的颜色。正是这些知其然却不知所以然的毒让母亲无法进食，浑身发软。现在，依靠透析液，母亲被抽空的气力正在四肢上一点点攀爬，同样是因为透析液的帮助，现在的母亲终于可以下咽。

在母亲患病之前，我从没有接触过透析液，而现如今，母亲必须依赖这种液体来维持生命。现在的母亲，每天需要四袋透析液。四袋，8000cc，每一天！

这个数字非常骇人。一个人的身体，居然需要8000cc的透析液，才可以把每天产生的毒素全部过滤一遍。这些来历不明的毒液温暖而无味，呈现出几近澄澈的橘黄色，假如不来自母亲的体内，它几乎可以冒充新鲜的橙汁，看上去似乎比橙汁更可口一些。我的小外甥，刚刚学会喊我舅舅，就对橙汁一样的透析液产生了浓厚的兴趣。有一次，我差点就准备让他尝一尝，我是多么想知道，这些被过滤后的橘黄色，对人的身体是否还具备足够的威胁。那一次，他疯了一头汗，大约是渴坏了，手里拿着剪刀，欢天喜地地拎起透析液。我鼓励地看着他，仿佛是希望他的动作再麻利一点。他终于剪开了袋口，得意地看着我，仿佛是想得到我的鼓励。我再次点了点头，那一刻，我是笑着的。他果然捧起开了口的透析液，准备倒进嘴里。

理智终于回来的时候，母亲也睁开了眼睛，她惊骇地呵斥住了孩子，接着，又埋怨地瞪了我一眼。我不知道那一刻的母亲，是否对我的品质产生过怀疑。我只是愣愣地站在原地，看着委屈的小外甥，后背汗如雨下，汗水一样奔涌的后怕让我几欲窒息。好在母亲只看了我一眼，就转过脸去，接着，又轻轻地叹了一口气。母亲的叹息让我痛不欲生，我久久说不出话来，心里藏着面小鼓，急促的鼓点仿佛要把我敲死。

我终于小心翼翼地说到了死。母亲被确诊为尿毒症之后，我不止一次地想到这个黑色的词，甚至不止一次做起与死亡有关的噩梦。在那些黑色的梦里，我见过早已作古的祖父、三娘、三坡堂兄、五叔、外公和三伯……时间仿佛在他们的身上停滞了下来，他们的容颜一点也没有老去，还是以前的样子。他们的健康让我相信，在时间的另一边，他们正在无边的幸福里悠游与沉陷。我还见过尚在人世的至亲，比如小妹、大姐和二哥，以及那些久无音讯的人，比如失踪的哑巴和孬子，在梦里，他们竟也已经奔赴于死亡，或是不幸患上某种恶疾，羸弱的身体在病痛里沉沦。在梦里我号啕恸哭，枕巾湿了一大片。

醒来的夜里，我大汗淋漓，心境久久无法平复，辗转，碾压，仿佛已经不在这个人间。失眠于是轰然来袭，夜暗无边，苦不堪言。失眠，这一无法言传的隐疾，纠缠我多年。只不过，在这些醒来的夜里，我感到自己的脑海不再空空如也，而是慢慢在发生着萎缩性的病变，呈现出另一种张皇的白。张皇的白比空空如也更令我恐惧，就如母亲已然衰竭的肾，它同样起始于一种弥漫性的萎缩，慢慢使母亲无法进食，慢慢使母亲浑身发软，慢慢把母亲拖近死亡的边缘。

现在，母亲的肾脏已经不具备排毒的功能。透析之后三个小时，母亲的身体因此要舒服一些，然而三个小时之后，我们需要立即为母亲输入第二袋透析液。那些我叫不出名字的毒素，被2000cc的"百特"透析液在母亲的体内过滤与筛选。完全可以想象，母亲的舒服感其实已经极其短暂，也极其有限。事实上越到后来，我越不忍去看那些橘黄色的透析液，也不忍去看疼痛的母亲。母亲原本比较结实，身高虽然只有一米五五，体重却有一百三十斤。然而，透析之后的母亲只有一百斤左右，眼窝深陷，骨瘦如柴。皮肤也不像皮肤了，更像是一层风干的鱼鳞。坐在哪里都久久的，默然的，如果不是眼珠间或一轮，几乎形同一尊雕塑，让人惊异莫名。

我知道，正是透析液里那些橘黄色的毒素，在日日夜夜地折磨着我的母亲，她只能依赖透析液，才可以维系疼痛的生命。温暖的毒液，成为母亲须臾不可离分的"肾"；温暖的毒液，是我们全家最大的恩人。从来没有一个时候，我们全家会像现在这样爱钱如命，会像现在这样心往一处想，劲往一处使，拧成一股绳。

母亲是个地道的农民，患病时，小村还没有开始合作医疗，一年十万多元的医疗费用全来自我们六个兄弟姐妹，以及由此组成的六个小家庭。这无疑是个沉甸甸的负担，一开始，医生就给我们打过"预防针"。医生说，透析是个无底洞，人财两空最后还反目成仇的事情时有发生。然而，面对呻吟的母亲、疼痛的母亲，我们无路可走，我们只有拿出砸锅卖铁的决心，在手术单上签了字，让母亲成为有史以来第一个自费透析的牌楼人。这让我们稍感安慰，比起那些不明不白的亡者，母亲至少还可以延续自己的生命。

比如五叔，1997年，六十一岁的五叔死于尿毒症。之前七八年，五叔一直有糖尿病，尿液里的血色红得怕人。然而即便如此，五叔一直不肯去医院。在五叔看来，生死有命，富贵在天，医生看不好要死的人，该死的时候还是得死。拖到尿毒症的时候，五叔傻了，他整天躺在床上，在虚弱的呻吟声里，等待死神的枷锁结束他的病痛。五叔没有为自己的病痛花过一分钱，他舍不得，也不相信医院。乡亲们都不相信医院："有那个冤枉钱，还不如买一点吃的……"劝说没有任何效果，排斥由来已久，一如泥土的腥气，已经渗进他们的骨头里。母亲也因此延误了最佳的治疗时机。母亲高血压，我们买了药，放在床头柜上一个很显眼的位置，但母亲只有天旋地转时，才想起家里还有药，才想起家里还有测量血压的仪器。母亲是因为长期高血压导致的尿毒症，而五叔，是因为长期糖尿病。五叔是不知道，母亲是不懂。

那个夏天的夜晚豪雨如泼，五叔一个人静悄悄地走了，甚至没有叫一声五婶。奢华的丧事，让一帮老伙计羡慕得不行。在众人形形色色的目光里，五婶放声恸哭：你怎么会得这样的恶病？来生你投胎，别再投成乡下人……

我黯然。雪白的经幡迎风招展，遮天蔽日，乡亲们面容哀戚。我在其中，心里堵着难言的疼。坐在门槛上，我耷拉着脑袋，心绪久久难平，忽然就想起镇上唯一的卫生院。卫生院在扫帚沟街附近，中学旁边，荒凉而破败，简陋而不洁。记忆里的卫生院只有六张病床，像间大通铺，上面悬着一台积尘包裹的吊扇，同被褥一样看不清原来的颜色。卫生院离我家五至六里，我只进过一次，刺鼻的气味像一柄巨勺在我的胃里一个劲地翻搅。十五岁那年夏天，三坡堂兄喝了农药，四五个人轮流背着他送到卫生院的时候，人已经不行了。当时的卫生院里只有一个医生，靠在椅子上心事重重地抽烟，目光盯着头顶上的吊扇。他为什么要盯着吊扇？我不知道。他大约是想打开吊扇，但厚重的灰尘让他犹豫，于是就盯着，仿佛是在期待灰尘自己飘落，然而奇迹迟迟没有出现。

他翻了翻三坡堂兄的眼睑，捂着鼻子说，不行了，抬回去！他生硬的短语像一把锋利的手术刀，将生的希望瞬间斩灭。一地的人号啕了起来，他皱着眉头，划了根火柴，点燃一支烟。

这个冷酷的医生，今年春天我又见了一面。忽如一夜春风来，就在今年春节，农村合作医疗的春风终于吹到了牌楼，费用每人每年十块钱。在经过一段马拉松似的长途跋涉之后，我们终于看到一线曙光，终于相信希望就在前方，明天会更好。那个返乡的上午，下了车，我直奔卫生院。卫生院还在那里，蹲在一排排楼房中间，低矮而逼仄，看上去比母亲还老，仿佛一个被恶疾纠缠多年的老者，风烛残年，苟延残喘。横流的水渍在外墙上刷出一张张土黄色的脸，一扇锈迹斑驳的铁门半掩着。透过铁门看过去，整个卫生院像一座在时光深处没落的废墟。当年那个唯一的医生已经熬成了领导，一个年轻的医生指引我说，合作医疗的事，归他管。

他靠在椅子上抽烟，仿佛他一直不曾离开，一直在盯着头顶上那台尘封的吊扇。在说明了原委之后，我得到的回答是——省城的医院只能报销20%，县医院可以报销30%，卫生院可以报销50%，而且必须住院。他叼着香烟，掰着手指对我说：你妈这种情况，大概可以报销两千块钱。

两千块钱？对，我没有听错，只有两千元！两千元，只够帮母亲买一个星期的透析液。然而报销总比不报销好，报销了，母亲多少会心安一些。母亲一度想回牌楼，在镇卫生院看病，拿药，从而减少一些不必要的花销。母亲不知道，镇卫生院根本没有做透析的设备，也没有透析液。这样的"土政策"以及由此导致的结果大大出乎我们的预料，短暂的兴奋之后，我们再次陷入无底的深渊。

在听从我们的劝说之后，母亲无奈地叹了一口气，她对镇卫生院其实也是将信将疑，甚至破天荒地，长篇累牍地说起一件事。前年，邻村鳏居的天保得了重感冒，拖得也是久了些，拖到实在不能再拖了，才被乡亲们骂进了卫生院，吊青霉素，一瓶水还没吊完呢，天保就咽了气。天保的儿子在常州做包工头，带了一帮人回来，把卫生院砸了个稀巴烂，围了一天一夜。卫生院最后赔了两万五千块钱，再多估计也没有了。包工头一手签字，一手拿钱，抬走了天保的遗体。"农村误了多少人哦！"母亲佝偻着腰身，拍着粗气呼啸的胸口，接着又历数起一个个亡者。

母亲说的我信，我在牌楼生活了十九年。在牌楼，许多人都莫名其妙地死了，有的连死因也说不具体。乡亲们都信这句口头禅："黄泉路上无老少，哪里的黄土都埋人。"

全家只有二嫂一个人兴高采烈。二嫂有类风湿，有些年头了，病根是在月子里落下的。二哥带二嫂去过破罡街的小诊所，去过镇卫生院，再往上二哥的步子就迈不动了。好几年之后，二嫂瘸了一条腿，走路一瘸一拐的。二哥本来在外打工，二嫂瘸了腿之后，饭都不能烧，二哥只好卷铺盖回家，老老实实地在家里做田。这回终于可以报销了，二嫂于是决定住院。谁能想到呢？兴高采烈的二嫂在镇卫生院碰了一鼻子灰："就你金贵，都瘸了，还住啥院？"想想也是，牌楼的女人很少能坐一个完整的月子，男人都在外打工，女人前脚生完孩子后脚就得下田。牌楼的妇女三分之一都有类风湿，有的轻，有的重，最重的数卫东家的，已经在床上躺了三四年。羞愧不已、黯然落泪的二嫂于是连药也没有开，就一瘸一拐地爬上了回家的蹦蹦车。这一来一回，二嫂花去了十元钱。

就为这十元钱，二哥和二嫂吵了大半夜。

……疾病像一块生冷的钢铁，尖锐地锲在乡村的胸膛上面，许多年。无数家庭的航船在疾病中沉没，在疾病中搁浅，无声无息，不被人发现。每每在坚硬的城市里自在地浮游，在泛黄的书页里矫情地辗转，在清晨的电脑前回望牌楼，或是进行乌托邦似的唯美书写，我时常感到自己身上的罪孽。母亲病重之后，有空的时候，我时常借故下乡采访，亲近农舍、农田、河流，找机会和乡亲们聊天，让自己的耳鼻心以及整个身躯都能最大程度地贴近遍布疮痍的苍茫大地。我知道，乡村的每一寸土地其实都是有病的，一直都有病，而且病在骨头里。我一厢情愿地相信，乡村并不肥美的土地也有一颗博大的肾，它同母亲的肾一样在慢慢衰竭，较之于母亲，它的病痛其实更为持久，也更为酷烈。而无限扩张的城市，坚硬的城市，正为这颗曾经供养过它们的肾，做旷持日久的透析。——这，将是一场漫长的苦役。

乡村的肾，就是母亲的肾。母亲在疼，就是乡村在疼。

天气晚来秋

　　总是在夜里，迷迷糊糊间，耳畔漾起爆炒蚕豆一样的雨声，由远及近，仿佛若有风。灼烫的凉席浸满了我们的汗渍，后背粘在席子上，猛然起身，皮肤几乎要揭下来，嗞嗞啦啦的，如裂帛之音。窗外，站着两棵枝繁叶茂的梧桐树，雨水像一万只小手，轮番拍打着梧叶，沙沙沙，沙沙沙，疏一阵，密一阵。挣扎在梦境的边缘，我仿佛看见梧叶在风雨中翻卷的样子，叶子们已经习惯了荣枯，像乡下那些饱经沧桑的老人，不卑不亢地承接着人生的风雨。重新沉入梦境时，潮水一样的雨意在床头浮荡，燠热从雨声里慢慢消散了。

　　夏秋之交的雨，短促而热烈，猝不及防地潜入墨汁一样幽深的暗夜。季节，这趟跋山涉水的列车，终于裹着一阵凉风，驶进了秋天的第一站。清晨起床，枝头湿漉漉的，雨水刷过的梧叶青翠欲滴，像初生婴儿新洗的脸。一两片梧叶躺在水洼里，枯黄的叶边微微翻卷（灰烬的颜色），中间卧着一汪清亮的水。梧叶截留的雨水像大地圣洁的使者，它们远道而来，向农民兄弟传递丰收的音讯。农谚说："立秋雨淋淋，遍地是黄金。"卧床听雨的农民兄弟松了一口长气，他们撂下疲累的蒲扇，在一阵疏一阵密的雨声里酣然睡去。

　　只有旺财始终睡不着，他是牌楼第一个听见雨声的人。在牌楼，旺财比谁都盼着立秋，比谁都盼着立秋后的第一场雨。节气一过处暑，他就天天抱着收音机，准时收听天气预报。在他眼里，这场雨既是寒暑易节的标识，也是上苍赐给他的天露。那些雨后的清晨，当我们拎着镰刀下地收割时，总能撞见一头白发的旺财，端着一口粗粝的蓝边碗，喜滋滋的，将叶子上的雨水小心翼翼地倒进碗里，倒完了，还要把叶子贴在碗边，一点一滴，沥得干干净净……"么事哉，旺财叔？"旺财叔聚精会神地盯着叶子，头也不抬："收天露哦，给顺子喝。"说到顺子，大家默然了，心有戚戚——他家三代单传，为了顺子这根独苗，旺财叔耗尽了心血。他五十岁不到，头发就白了，远远望去，像顶着一蓬雪白的芦花。

　　"顺子哎！大大回家咯……"每次刮够一碗，旺财叔总要自言自语，满心欢喜地朝家里走去。顺子对花粉过敏，偏偏又生在依山傍水、花团锦簇的牌楼，泡桐花开过油菜花开，油菜花开过槐花开。每一个花期，顺子都要喘半个月。呼哧，呼哧，呼哧，喉咙里扯着一只破风箱，扯啊，扯啊，扯得人心口隐隐作痛。十几年下来，西药、中药、偏方，顺子吃了几箩筐，无济于事，春秋两季，依旧生不如死。大家都劝旺财，命，那是天定的，谁也斗不过，你得认……旺财涕泪纵横，一个劲地点头，一转身，终究不肯认这个命。一过立秋，旺财叔就四处收集树叶上的雨水，用一个铁皮桶子储起来，熬蒲公英，给顺子喝。这道偏方完全是旺财叔自己的发明，根本没有经过时间的检验，好在顺子从不拂逆父亲的好意。在饱受折磨的日子里，顺子试过不知其数的偏方，外敷的、内服的，有时候还双管齐下，不能看，看了太揪心。有一次，顺子喝过草药熬制的偏方脸就变了色，呼吸急促，浑身乌紫，眼见着就快不行了。日头滑向巢山的时候，破罡街上的唐医生来了，他搭了搭顺子的脉搏，听了听心跳，一句话没说，拎起药箱就走了；掌灯时分，"过阴的"来了（"过阴的"，俗称巫婆，尊称仙姑），她撑开顺子闭合的眼睑，摸了摸顺子的天灵盖，默默地摇了摇头……这几乎宣判了顺子的死刑，但旺财叔依旧不肯认命，他把顺子捂在被窝里，寸步不离地守着，一刻不停地喊："顺子唉，醒醒，别睡了啊……""顺子啊，你应大大一声唉……""顺子唉，你别怕，大大在哦……"第二天中午，奇迹出现了，顺子忽然大汗淋漓，头发窠里蒸腾起一股股热气……呵呵，呵呵，旺财站在床边一个劲傻笑，接着又伏地跪拜，号啕痛哭起来……大难不死的顺子仿佛自带排毒功能，他总是毫不犹豫地端起草药熬制的偏方，脖子一仰，一饮而尽，抹抹嘴，轻描淡写地说："味道好淡……"不肯认命的旺财，让顺子变了一个人。乡亲们同情旺财，更心疼羸弱的顺子。

一年又一年，旺财锲而不舍地收集着天露，只要他端出蓝边碗，就是又到立秋了。花开花落，草荣草枯。田畴里，稻子熟了一茬又一茬。在岁月流逝与四季更迭里，常年抱着"药罐子"的顺子已经成年。神奇的是，成年之后的顺子居然不喘了，谁也不知道他是什么时候开始不喘的。大家只是惊异地发现，足不出户的顺子破天荒地牵着黑水牯，跟在旺财身后，走过一道又一道田埂，穿过层层叠叠的油菜花地。白白净净的顺子腼腆地蹚过漫游的花粉，田埂上滚过一道道闪电。

旺财一言不发。顺子一言不发。田畴里，翔集着一万只忙碌的蜜蜂。

顺子痊愈后，旺财就老了，像一座破败的茅屋，忽然间塌了下去。立秋之后，弯腰勾背的旺财依旧热衷于收集草叶上的雨水，瓮子里储起来，腊月里泡茶喝。旺财的做法一直无人效仿，但没有人再在背后说三道四，反倒另眼相看了。

牌楼的偏方不胜枚举，旺财何以就笃信立秋的天露呢？

每年8月7日或8日，太阳到达黄经135°时为立秋。"一叶梧桐一报秋，稻花田里话丰收。虽非盛夏还伏虎，更有寒蝉唱不休。"（左河水《立秋》）古人分立秋为三候。一候凉风至：梧叶开始飘零，虽然依旧是盛夏，但此时的风已不同于暑天，尤其是傍晚，稻花香里，裹着一股悠悠的凉意；在徐徐吹来的晚风里，女人甩着湿漉漉的双手，孩子们兴高采烈地搬着凳子，欢天喜地抬着饭桌。二候白露降：早晨，田埂上，菜园里，浮游着一层薄薄的雾，白的白，绿的绿，青的青，如梦似幻；立秋时节的乡村，是中国画里的乡村。三候寒蝉鸣：感阴的秋蝉在午后的枝丫间嘶鸣，秋蝉并不鼓噪，反倒极尽抒情，长一声，短一声。我们掮着一根长长的竹竿子，竿头上蒙着一层蜘蛛网，秋蝉振翅欲飞，却不知，早有一张天罗地网……顽劣如我，儿时捕获的秋蝉最多，我和小伙伴们享受着这小小的恶，这小小的恶，是我们农忙时节仅有的欢乐。

古人一直很重视立秋，认为立秋是夏秋之交的一个重要时刻。早在周代，立秋这天，天子会亲率三公九卿、诸侯大夫到西郊迎秋，举行隆重的祭祀仪式。汉代沿承此俗，并杀兽以祭，表示秋来扬武之意。到了宋代，立秋这天，宫内要把栽在盆里的梧桐移入殿内。等"立秋"时辰一到，太史官便高声奏道："秋来了！"奏毕，梧桐应声落下一两片叶子，寓"梧桐一叶落，天下尽知秋"之意。

我家门前有两棵亭亭如盖的梧桐树，天气不好的年份，梧桐的叶子落得很早。集体飘零，却是在立秋节气之后。

庙堂之上，做的都是官样文章。民间自古对节气也很讲究，立秋这天，民间有占卜天气凉热的风俗。东汉崔寔《四民月令》："朝立秋，冷飕飕；夜立秋，热到头。"民间讲究二十四节气，秉承的都是实用主义路线——民以食为天。二十四节气除了关系到农时，还时常与口腹之欲、防病祛灾联系在一起。清代，北京、河北一带民间有三伏之后"悬秤称人"（大多是称小孩），与立夏时体重对比检验肥瘦的风俗。伏天胃口差，所以不少人都会瘦一些，瘦了当然要补，弥补的办法就是"贴秋膘"。"贴秋膘"首选吃肉，以肉贴膘。立秋这天，普通百姓家吃炖肉，讲究一点的人家吃白切肉、红焖肉，以及肉馅饺子、炖鸡、炖鸭、红烧鱼等。汪曾祺先生写过一篇《贴秋膘》，说内蒙古也有"贴秋膘"的风俗，干部秋天下去考察工作，别人会在背后议论说，哪里是去工作，是"贴秋膘"去了！内蒙古的"贴秋膘"，特指吃"手把羊肉"。手把羊肉我没有吃过，"好吃吗？好吃极了！鲜嫩无比，人间至味"，读到这里，口水都流下来了。

这样的口腹之欲，小户人家既消受不起，也满足不了，对于黎民百姓来说，防病祛灾显然更实际一些。自唐宋起，立秋这天，孩子们有用井水服食小赤豆的风俗。取七粒至十四粒小赤豆，以井水吞服，服时面朝西，据说吞服之后，可保一秋不犯痢疾。清代，天津等地流行"咬秋"。人们在立秋前一天把瓜、蒸茄脯、香糯汤等放在院子里晾一晚，立秋当天吃，能避免痢疾。杭州一带流行"吃秋桃"。立秋时，大人孩子都要吃秋桃，每人一个，吃完要把核留起来。等到除夕，再把桃核扔进火里烧成灰烬，人们认为这样就可以免除一年的瘟疫……

不光立秋，每一个节气，民间都有防病祛灾的风俗，口口相传，代代相传。由于空间和时间的原因，这些风俗在南北各地的差异又很大，渐渐地，又假巫婆和神汉之手，衍变成了一道又一道神秘莫测而又匪夷所思的偏方。在那些无药可用也无钱求医的混沌岁月里，民间偏方纯粹是死马当活马医，是死是活，全凭患者自己的运气。这些广布民间的偏方，普遍发端于对自然、对万物乃至对宇宙众生的敬畏，它们是物质化的心理暗示与精神祷告。我猜，旺财叔发明的立秋的天露，大约也是如此吧？

从字面上看，立秋的"立"，是开始的意思，"秋"由"禾"与"火"两个字组成，是指谷物成熟的时期。立秋前后，草木开始结果孕子，大地即将迎来收获的季节。我国中部地区开始割早稻，栽晚稻。牌楼的早稻熟于立秋前，风调雨顺的年份，还没到大暑，家家户户就磨好了镰刀。穿过二爷家的菜园子（茄子和辣椒都熟了），翻过村口的石拱桥（桥墩像老人空洞洞的牙床，基石剥落，青苔漫漶），就是一代代牌楼人赖以谋生的田野。极目远望，田埂上浮着一层白白的雾气，远处的白荡湖烟波浩渺，水际接天。一水护田，两山排闼。一代代牌楼人在这一片山水间刨食，日出而作，日落而息。我尚未成年就跟着二哥下田做农活，锄禾、车水、插秧、割稻、捆稻把，甚至要走上一里多路，将一捆将近一百斤的稻把挑回家。

我喜欢割稻。那些雨后的清晨，高低错落的田野梳洗一新，颗粒饱满的早稻黄灿灿的，沉甸甸的稻穗在风中私语，优雅地摇摆，像盛装待嫁的村姑。早起的乡亲已经开镰了，唰，唰，唰……刀刃与稻茬正面交锋，留下一束束齐扎扎的断口。搁置好稻把，断口处，会慢慢渗出一粒晶亮的水珠。初二写作文，我写割稻："我割得飞快，一束又一束，稻子在田里铺成了一首丰收的诗……"因为这句话，教语文的陆老师专门跑到我家，对我父亲兴高采烈地说："你儿子能念书，别让他干活了，让他发狠念书!"父亲欣喜异常,从此对我另眼相看。可惜我当时太过顽劣,又年幼无知,屡屡伤父亲的心,也屡屡让陆老师大失所望。

开镰割稻的牌楼人,早上都要吃"米粑",此风当为牌楼所独有。包米粑程序复杂,既费时,也费事,"一锅米粑两亩秧"。一年忙到头,也只有立秋割早稻、腊月过小年的时候,主妇们才会熬夜排队,有说有笑地磨一箩面,包一锅米粑。做米粑要磨面粉。二爷家的石磨坊建在巢山脚下,入夜时分,萤火虫举着鹅黄色的火把、草绿色的火把,仿佛在为熬夜磨面的主妇们照亮。金樱子在山墙边匍匐,白色的花骨朵次第绽开,草叶间浮动着幽幽的暗香。母亲个子矮,力气又小,每次磨面,总要叫上二哥去帮忙。那时候我也没有多高,每次磨面,我总要夹在二哥和母亲中间,上半身挂在磨档上,看上去全力以赴,其实并没有使出多大的力气。母亲心知肚明却从未说破,汗湿的脸上,爬满了金樱子一样明媚的笑容。

说是磨面粉,其实是磨人,一盆面粉,要磨两三个小时。磨面粉只是第一步。接下来,母亲还要连夜将脸盆洗干净,舀进两升面粉,加水揉成面团后,放在锅台上,盖上锅盖,"醒"。面"醒"之后我们也醒了,第二天一早,蒸笼里飘出久违的米粑香。"米粑香"究竟是一种什么样的香味呢?不单单是五谷的香气,我说不上来,乡间诸多食物的香味,均无可名状。母亲包的米粑手掌大小,纺锤形,薄薄的面皮上留有几道深浅不一的手指印。米粑馅有咸豇豆(腊月里,牌楼家家户户都要腌的），也有山芋粉丝（牌楼的特产之一），掺着几粒肥瘦相间的肉丁。一口咬下去，余味绵长："好吃吗？好吃极了！"我十九岁离开牌楼，之后因工作之便跑过省内许多地方，却再没有吃过这样的米粑。三河米饺与牌楼米粑略有几分相似，但三河米饺是用滚油炸出来的，皮薄，酥脆，只是馅汁太油腻，需佐浓茶以食之。桐城民间早年有吃发粑的习俗，但发粑不是"粑"，是白面馒头。

我很想念母亲包的米粑。如今，母亲已经长眠，牌楼的老人所剩无几，我想再吃一回米粑的心愿，久久未能实现。恐怕，再也不能实现。

> 兹晨戒流火，商飙早已惊。云天收夏色，木叶动秋声。
> （唐·刘言史《立秋》）
> 乳鸦啼散玉屏空，一枕新凉一扇风。睡起秋声无觅处，满阶梧叶月明中。（宋·刘翰《立秋》）
> ……

立秋这天，诗人们吟诗寄怀，托物言志，写立秋的诗词因此不胜枚举。在古代的诗词中，节令之秋往往隐喻人生之秋，透着一种落寞之意与苍凉之态。唐人李益的《立秋前一日览镜》最有代表性，诗云："万事销身外，生涯在镜中。惟将两鬓雪，明日对秋风。"李益一生为官，垂垂暮年，忍不住涌起无限悲思——起句感叹人生世事如过往云烟，承句感怀镜中之"我"

已老态龙钟，转句自嘲一生所得唯鬓上白发，结句惜时怜己，岁将暮，人将老，不亦悲乎！

就在众多诗人感怀悲秋之时，刘禹锡却独树一帜，他在《秋词二首》中这样写道："自古逢秋悲寂寥，我言秋日胜春朝。晴空一鹤排云上，便引诗情到碧霄。"一反往昔悲秋的文人时尚，表达了爱秋、赏秋的新意境。尽管王维的《山居秋暝》已流露了"随意春芳歇，王孙自可留"的伤秋情绪，但王维传达的只是一种归隐意识，而刘禹锡却独辟蹊径，气势豪放，立意高远。

一年四季，寓意着人生的四个阶段：少年、青年、中年和晚年。对四季的态度，其实就是对人生的态度。四季中，我偏爱大地微凉的秋，偏爱枝头累累的秋实，偏爱日暮时分的秋水、长天、落霞与孤鹜。人近中年，我尤喜在秋日的余晖中枯坐，天气不冷不热，光阴不疾不徐。薄暮冥冥，我时常生出回到牌楼的幻觉。如今的牌楼，我每年只回去两次，一次是清明，一次是冬至。2011 年，七十四岁的旺财叔在睡梦中驾鹤西去。七十四岁，不算高寿，但旺财总说"我活够了""我真不想再活了，活着累……"顺子婚后育有一儿一女，儿子有智力缺陷，歪着头，双臂蜷曲，遇到人，呵呵呵，只知道傻笑。女儿有精神障碍，一年四季赤着脚，十几岁了，还裸着身子，在村子里乱跑。顺子老婆承受不了这样的重负，投身白荡湖，生不见人，死不见尸，踪迹全无。顺子比我小三岁，但他尚未不惑便已经老了，满头白发，行动迟缓。"大大啊，你是享福了。我活着还

巢山肃穆，坟茔低矮，那是乡亲父老最后的宿地，永久的，唯一的。一辈子的路，最终在坟茔上站了起来，成了一块小小的墓碑。时间这破坏者，也是唯一的胜利者。我们终将在时间这条渺无际涯的长河中湮没，杳然，默默无闻。

有么意思？还不如死了……"那年清明，顺子蹲在旺财的坟头，一个人嘤嘤地哭，向着一堆茂盛的杂草悲切地诉说。我轻轻地喊了一声"顺子"，他迟迟疑疑地站了起来，抓住我的手，粗大的喉结上下滚动，泪眼模糊。他的手，像褪过毛的鸡爪子，一层皱皮包着几根嶙峋的细骨头。被他紧紧地握着，我久久说不出话来，心里满是酸楚。

巢山肃穆，坟茔低矮，那是乡亲父老最后的宿地，永久的，唯一的。一辈子的路，最终在坟茔上站了起来，成了一块小小的墓碑。时间这破坏者，也是唯一的胜利者。我们终将在时间这条渺无际涯的长河中湮没，杳然，默默无闻。旺财叔、顺子、乡亲父老、你和我，时间是我们共同的敌人。

长空澹澹，万古销沉。

粒粒皆辛苦

那天一进门，我就嗅到一股粳米的味道，耸着鼻子钻进厨房，墙角果然堆着一袋米。我急不可耐地扯开袋头上的绳索，把头伸进袋子里，五脏六腑瞬间充盈着粳米的香气。起身之后，我又忍不住捧起一把，放在鼻子下面，像捧着一粒粒珍珠，久久不放。

父亲笑我痴，不过是一袋新鲜脱粒的粳米。但这样的粳米我渴望已久，这样的粳米特别适合熬粥。梦魂深处，一直翻滚着一锅热气腾腾的粳米粥。是乡下的那种大铁锅，干柴，烈火，粳米在其间沸腾，噗噗噗，米粒从锅中心向四周扩散，又翻滚着回到锅中心。七八分钟之后，米粒一粒粒绽开，像一朵朵微雕的梅花，这时候再抽掉干柴，改用小火慢熬，等沸水完全熬成了米汤，白漾漾的，便能熄火了，盖上锅盖，焖几分钟，重新揭开锅盖时，粳米粥的香气立即荡满了每一间屋子。锅沿边还结了薄薄的白白的一层，轻轻揭下来，放在嘴里，一舔就化了，有一股丝丝如蜜的甜。粳米粥软滑而黏稠，暖胃，也暖身，我们不用筷子，直接端碗喝。佐餐的是母亲腌制的咸菜（牌楼人叫"小菜"），萝卜缨子、萝卜条、豇豆、雪里蕻。深冬时节，母亲会掏出一小碟腌过的蒜瓣子。腌过的蒜瓣子脆生生的，微甜，特别开胃。但我们更喜欢直接喝粥，也不怕烫，一海碗喝下去，后背上滚出一层汗。

这样的粥，我一直喝到初中。初中开始长身体，胃口大，两碗粥喝下去，感觉肚子还是空的，咕咕叫。家里张口讨吃的人多，而锅已经见了底，母亲没有办法，只好将空碗扣在嘴边，一边转，一边舔碗壁上的米汁。在母亲的示范下，我也拿起自己的空碗，沿着碗边慢慢舔。我清楚地记得，母亲套着一件瓦蓝色的旧围裙，靠在锅台上，直勾勾地看着我，眼里含着泪，脸上却挂着笑。在母亲的鼓励下，我丝毫不觉得羞耻，反倒养成了"饭后舔碗"的习惯。在相当长的一段时间里，这个习惯成了我们家的一个秘密，我们都在自觉地做，但没有一个人在外面说。直到今天，我吃过的饭碗总是一粒不剩，我也很反感那些无端浪费粮食的人。

那时候的牌楼人家都不富裕，早晚两顿都喝粥。到了农忙时节，插秧、犁田、割稻、挑稻把，中午会煮一锅粳米饭，饭头上蒸一碗土鸡蛋。饭吃完了，锅底上趴着一圈焦黄的锅巴，满月一样。柴火大锅烧出来的锅巴真香啊！等锅巴凉透了，母亲会掰成手掌大小的碎块，收进一个专门的铁皮桶里，藏起来，留到过年时给我们当零食。到了过年，那只铁皮桶就成了一个魔盒，母亲则是个魔法师，总能掏出一些我们平时很难吃到的零食。多年之后我才知道，家里的许多"零食"和"主食"都是母亲就地取材，熬夜做出来的，比如槐花、地衣、马泡、灯笼果、灰灰菜，还有老鼠和蚕蛹。饥饿，让母亲成了尝百草的神农。我们的饥饿史，就是母亲的发明史。也不单我们一家，牌楼其他人家也是如此。是坚韧不拔的母性，帮我们度过了一段又一段饥寒交迫的日子。

世贵叔住在村口，一年四季都喝粥。夏天的正午，我去田里给大人送饭，时常看见他蹲在树荫下，光着干柴一样的细膀子，端着一口蓝边碗，像端着一碗水，一张绿幽幽的脸在碗心里晃荡。即便这样的稀粥，他一天也只能喝三碗。农忙时能喝到四碗。他老婆把自己的那一碗省下来，留到晚上，等四个嗷嗷待哺的孩子都睡了，才从颈罐里端出来，递给他喝。长年累月的饥饿已经把他击垮了，失去了羞耻感。有一回，男女老少都在田里插秧，他突然转身，掏出家伙就撒尿，喧腾的水田里溅起一片刺耳的声响。男的笑，女的骂，他老婆臊得满脸通红，从背后用秧把子掼他。任你笑，任你骂，任你掼，他一言不发，抖抖腰身，转过身来，埋头继续插秧。

五叔一生爱喝粥，他一手抱着粥碗，一手抱着糖罐，直到最后离开人世。五叔喝粥从来不吃菜，他用红糖拌，一碗粥，一勺糖。常年如此。红糖的晶体颗粒粗大，五叔咬在嘴里，咯嘣咯嘣响。我问五叔："不齁吗？"五叔花白的脑袋从碗里抬起来："不觞，这个养人哦。你要吃啊？""肯定觞死了。"我摇了摇头。五叔似乎很失望，却显出很神秘的样子，又从糖罐里挖了一勺，放在粥里继续拌。我问母亲"红糖粥"是不是真的很养人，母亲没有正面回答，只说，米汤好，一口米汤能救活一个人……米汤确实有营养。村子里，妇女坐月子，熬粥时，米汤都要单独盛起来，放一勺红糖，打两只荷包蛋。除了坐月子，卧病在床来日无多的老人也能吃到这样的荷包蛋。只有五叔是个例外。五婶把糖罐子藏起来，五叔便不吃不喝，不说话，对五婶不理不睬。五叔晚年患上糖尿病，又拖着不去医院，最终恶化成了尿毒症。去世那年，五叔刚满六十岁，他在初夏的一个雨夜独自离开，像那些外出谋生最终杳无音信的牌楼人一样，决绝的五叔，没有留下一句遗言。

中学离家三里多路，没有自行车，我走读，只能步行。初三开始上早自习，为了能在七点钟之前走到学校，无论刮风下雨，我每天六点钟就要起床。母亲比我更早。记忆里，天麻麻亮，母亲就起床了，生火，热锅，倒菜籽油，敲一个土鸡蛋，翻炒头一天晚上剩下的米饭。母亲一生节俭，舍不得吃，舍不得穿，但我的蛋炒饭总是油汪汪的，在15瓦白炽灯的照射下，米粒晶晶亮，像从糖稀里捞上来一样。那时候，蛋炒饭是一种很奢侈的福利，是用来招待亲戚、长辈和客人的，但我每周总能吃到两三次，妹妹为此经常和母亲耍脾气。母亲的偏心并没有获得应有的回报，那年中考我成绩平平，未能如父母和老师所愿考取重点高中。领通知的那天中午，一家人都在堂屋里等我，五叔也来了，笑眯眯的，悠闲地捧着他的紫砂壶。我埋着头，慢腾腾地走进堂屋，浑身的气力都被抽空了，仿佛大病初愈。母亲瞅见我的脸色，一句话没说，佯装去盛饭，转身进了厨房。

那年暑假，我跟在二哥后面，插秧、割稻、收稻把、车水……我个子矮，力气又小，乡亲们经常开我的玩笑，言语间的轻慢与嘲讽，往往惹来父亲的盛怒。父亲每次动怒，母亲总要阻拦："我把话撂在这，老兵肯定能考上大学……"这句话，母亲不止说过一次，也只有母亲，始终相信我能考上大学。母亲对我的信任与维护，潜移默化地影响了我的教育观。现如今，只要不犯原则性的错误，我对孩子的教育也是以勉励为主。孩子和我一样，心理素质差，越重要的考试，发挥越失常。尽管这已经影响到了老师对他的评价，但我从来没有因此批评过他。我做不到的，孩子为什么必须做到呢？

好在高考我没有再让母亲失望，我就读的那所乡镇中学，文科已经连续数年无人上榜。高中住校，除了周末，我几乎没有好好地吃过一顿早饭。中午和晚上，从学校食堂打三两米饭，菜是从家里带的，一小罐咸菜，精打细算着对付一个礼拜。食堂里的饭蒸在一口大锅里，是那种卖相很差的陈米，黏塌塌的，像是用开水涝过的剩饭。吃到高二，胃口吃坏了，还没走到卖饭的窗口，闻到那股味道就开始呕。漫漫长夜，肚子总要填饱，只好花一块钱，在扫帚沟街上买两个馒头，吃馒头，就咸菜。两个馒头比三两米饭便宜。那几年，和我一样吃馒头就咸菜的穷学生不少。隔壁宿舍一位同学，经常带一罐腌萝卜丁——萝卜丁和萝卜条都是萝卜，切成片状的谓之"条"，切成粒状的谓之"丁"。母亲从来没有腌过萝卜丁，不知何故——用蚕豆酱腌的，香，辣，脆，非常爽口。我偷吃过三次，每次都从罐中间挖一勺子，怕被发现，又把四周的萝卜丁向中间归拢……前几年，我和那位经常带腌萝卜丁的同学见面，我提起这事，他哈哈大笑，说："你还干这事啊？我不记得了……"

隔壁宿舍还有一位同学，姓吴，性格孤僻，不合群，地理经常考满分。他中饭和晚饭常年吃馒头，一顿两个，没有菜，吃馒头的时候用手掰，掰完一个馒头，喝一大茶缸白开水。夏天的傍晚，去上晚自习，我经常见到他捧着茶缸，坐在宿舍外池塘边的石凳上。池塘里绽放着一丛丛睡莲，"鱼戏莲叶东，鱼戏莲叶西，鱼戏莲叶南，鱼戏莲叶北"。仔细一看，才知道他把馒头掰碎了，东一粒西一粒地扔进池塘。他很享受这隐秘的欢乐，莲花一样洁净的笑容，浮在他颧骨高凸的脸颊上。同学三年，我们之间没有说过几句话，这池塘边的剪影，是他留给我的最深刻的印象。他学习很用功，却未能收获想要的回报。高考落榜之后，他就消失了，我再也没有见过他。

品尝过饥寒的人，对食物总有一些锥心的记忆。民以食为天，面对赖以生存的温饱问题，人和动物的本能选择，其实都是一样的，唯一的区别是，人还有羞耻心和道德律。然而，一个常年处在饥饿状态的人，他的羞耻心和道德律终会逐渐沦丧，直至完全消失。那年腊月，世贵突发奇想，准备"搞"几斤猪肉给孩子们过年。毫无行窃经验的世贵完全被自己的奇思妙想冲昏了头脑，他还没下手就弄出了很大的动静。惊醒的屠户从黑暗中蹿出来，按住他，劈头盖脸一顿暴打。当世贵揣着一刀五花肉摸黑爬回牌楼时，牙齿少了三颗，鼻梁骨完全塌了下去。

　　我上大学时，哥哥姐姐已经挣钱了，还完多年积下来的债，家境终于有了一些起色。和牌楼其他人家一样，我们家餐桌上已经有了一些新花样，早餐除了白米粥，常喝的是绿豆粥、南瓜粥，满满一锅，揭开锅盖，热气蒸腾，谷物的香气扑面而来。收了山芋，母亲也舍得用新收的糯米熬一锅山芋粥了。母亲熬的山芋粥黏稠而软糯，山芋甜丝丝的，入口即化。进了腊月，父亲时常从老杜茶馆里带回几根春卷。一根春卷一碗粥，是年少岁月里最高级别的享受。老杜茶馆里的春卷，一块钱三根，韭菜粉丝肉丁馅，是迄今为止我吃过的最美味的春卷。

　　大学是一扇阔大的窗户，透过这扇窗户，我看见了另外一个截然不同的世界。那是一个粥品丰富、种类繁多的美食世界，除了我常吃的白米粥、山芋粥和绿豆粥之外，还有我从未吃过的燕麦粥、八宝粥、鸡丝粥、海鲜粥、山药粥、虾粥、三黄粥、皮蛋瘦肉粥……大学毕业之后，有一年我出差福州，酒店附近的巷子里，有一家专营蛇肉粥的小店。店面进深不大，四壁的瓷砖上爬满了各种各样的蛇，栩栩如生，活灵活现。老板娘向我们热情地推荐蛇肉粥的种类，竹叶青、蝮蛇、蟒蛇、青蛇、眼镜蛇……以毒蛇居多，价格都不便宜。同行诸君都不敢吃，我也有些犹豫，于是借故退了席。老板娘瞬间变了脸，怒目圆睁，飘出几句方言。她会说普通话，突然改说方言，无非是在骂人。叫骂需要语感，和普通话相比，方言更适用于骂仗。我们自知理亏，低头疾走，佯装没有听见。

媒体人，责任大，压力也大，除了节假日，我在家吃饭的次数屈指可数。吃了二十年的单位食堂，我的肠胃功能紊乱不堪，不能受凉，有几次，差点当众出洋相。胃要养。最养胃的食品就是粥，粥中最有营养的，是杂粮粥。杂粮粥有很多种，南方和北方的杂粮粥，品类也不太一样。中年之后，我戒了烟，常吃五谷杂粮。我从超市里买来黑米、长糯米、玉米糁、花生米、大枣，混在一起熬粥。熬之前，黑米和糯米要先泡一个小时，然后和玉米糁、花生米、大枣一起下锅，大火煮沸，小火慢熬。小火慢熬时，锅里噗噗噗，我拿着勺子贴着锅底慢慢搅，搅过的米汤不会潽出来，也容易调节火候，不至于熬煳。十五分钟之后，杂粮粥就熬好了，厨房里弥漫出一股馥郁的谷物的香气。我熬出来的杂粮粥，软糯，绵柔，年逾八旬的父亲很爱喝。

和杂粮粥相比，父亲更爱山芋粥和绿豆粥，这是沧桑岁月留在味蕾上的顽固记忆。这两种粥，父亲百吃不厌，我也经常熬。熬粥，我无师自通，仿佛身体里住着一个神，一个深谙熬粥之道的神。我相信那个神就是米，它赐予我们骨血和力量，也赐予我们肉体和灵魂。米，是我们一生的依靠，须臾不可分。米是我们共同的母亲。

窑火灼烫

　　走过高低错落的田畴，再绕过一座孤零零的老坟包，就到了沟汊纵横的小圩。老坟包上长着两棵乌桕树。在牌楼，乌桕树不叫乌桕树，叫"洋辣子树"。洋辣子是一种常见的害虫，体表遍布毒腺毛，若不小心被它咬了，就像猛然吃上一口生辣椒，那股火烧火燎般的疼痛感，一时半刻是消不掉的。农忙时节，大人们时常聚在树下歇荫，摇着草帽，东家长西家短地扯闲篇。洋辣子怎么就不咬大人呢？我们都想不通其中的道理。日落时分，乌鹊乱飞，晚霞掩映下的洋辣子树像一幅薄薄的剪纸，树梢纷披万道金边，有一种无可比拟的美。然而，在孩童的世界里，老坟包始终是个禁忌，每次我们总要多绕几道田埂，迂回着奔向远处的小圩。夏秋之交的小圩水草丰美，成群结队的鱼虾在莲叶间嬉戏，人来了，小小的身子调皮地一摆，水面上荡开一朵绿色的涟漪。

小圩的尽头就是父亲的窑场，迎面耸立的土窑像一座滚圆的大草垛，土窑右边有一条缓缓上升的沙石路，路尽头是三间低矮的瓦房，瓦房前面码着几十垄烧窑用的砖坯。一垄垄砖坯码得比我们高，每一垄砖坯都覆着一层塑料薄膜，塑料薄膜上又盖着一条稻草编制的"雨帘子"。晒干的砖坯都是钱，金贵，不能淋雨，一淋雨，又成了泥。泥是白荡湖湿地特有的黄泥，踩熟的黄泥像糯米粑粑，黏性大，烧制青砖、红砖和瓦，是上佳的原料。方圆数里七八个窑厂，都派人来挖黄泥，车载斗装。时间一长，小圩里到处都是几丈深的大坑，一场雨过后坑里就满了，成了一口无人管束的野塘。夏天，我们去小圩里玩水，大人总是再三叮嘱，不要下野塘！不要下野塘！孩童时代，野塘先后吞没了五个小伙伴，最大的十三岁，最小的还不到九岁。野塘就是一个大漏斗，水底地形情况复杂，温差大，凶险异常。五叔年轻时在船上漂过，水性好，但提到小圩里的野塘，他也一个劲摇头："下野塘，那是找死哦，救都没法救……"五叔是救过人的，野塘离家远，人捞上来，呼吸和心跳都没了。娘老子呼天抢地，抱在怀里号啕，一卷席子抱上巢山，草草地葬了。我们在人群外远远地望着，既害怕，又难过，想哭，又哭不出来。窑场常年雇着六七个踩黄泥打砖坯的小工，不管吃，不管住，干一天活拿一天钱，他们是小村牌楼最早一批接受市场经济大潮洗礼的人。打砖坯需要一点技术，也需要耐心，性子急的人，黄泥还没有踩熟就开始打，结果，急雨淋一阵就塌了，太阳晒几天就裂了。会打砖坯的都是半吊子瓦匠。所谓"半吊子"就是没有正经地拜过师，名不正言不顺，只好做小工。

领头打砖坯的叫蔡老三。牌楼有三个老光棍，蔡老三是其中之一。他幼时身体就不好，十四岁那年患了一场怪病，一头黑发突然落成了秃头，连眉毛都落光了，身子又单薄，从背后看，十四岁的蔡老三分明就是个孱弱的老人。蔡老三的奶奶完全是被这个孙子愁死的，孙子相中了杏庄的哑巴，不料竟闹出了笑话。没有人知道哑巴究竟多大了，哑巴的家人估计也没打算让她出嫁。谁能想到呢，在蔡老三眼里，哑巴竟是一朵含苞待放的栀子花。蔡老三的奶奶于是三番五次地托媒人上门，哑巴的父母喜出望外，一口就应了。不料哑巴死活不同意，呀呀呀，一面拍打乱蓬蓬的发窠，一面含糊不清地嘟囔着，将媒人向门外推搡。自己是个哑巴，还嫌我家秃头吗？蔡老三的奶奶不相信，亲自登门。谁料哑巴躲得远远的，呜呜呜，呜呜呜，一路走一路哭，一群人跟在后面，交头接耳，捂着嘴偷笑。蔡老三的奶奶简直丑死了，她连一口水都没有喝，拎着小脚，埋着头，慌不迭地踩回家。蔡老三的婚姻自此误了，好在生计并没有误。他没念过书，打小就跟在瓦匠大伯后面混，盖猪圈，搭厕所，垒灶台，居然都看会了。他是真能吃苦，提一把窄砖刀，拎一只冬瓜一样的烂泥桶，一个人从早忙到晚，默不作声。蔡老三打的砖坯周正而瓷实，看上去非常舒服。砖坯没有记号，但他打的砖坯大家都认得。每次烧窑，高师傅都要单独拣出来，码在窑洞中心偏上的位置烧。

高师傅，大名高子英，是父亲请来烧窑的。烧窑之前，高子英是桃花自然村的生产队长，四十多岁，小平头，皮肤黝黑，牙齿上都是烟垢。窑场还在纸上的时候，父亲就对高子英说，三间瓦房，你住一间，一间做厨房，再搞一间办公室。砖坯，至少要打三百垄吧……高子英端着酒杯，在嘴边晃了晃，又放了下来，三百垄的坯子，你要造多大的窑啊？父亲没有接话，而是端起酒杯，笑眯眯地盯着高子英，说，喝酒。

　　父亲和高子英是老相识了，打我记事起，高子英就坐在大桌上，啄着花生米，慢悠悠地喝酒。高子英一来，父亲就扯扯我的胳膊，让去破罳街上的"老泉酒庄"打酒，并叮嘱我从后门走。老泉酒庄的主人自然不叫老泉，他只卖一种酒，九毛钱一斤，久而久之，"九毛"就成了他的外号。从牌楼到破罳街只有一条机耕路，晴天一头灰，雨天一脚泥，路两边长着两排稀疏的桦树、刺槐、木槿。拎着一只空空的酒瓶，一路小跑，路上遇见人："老兵，家里又来人啦？"我一面跑一面回话："嗯，高队长在我家呢……"那时候队长算个"人物"了，家喻户晓，进哪一家都要坐上席，红白喜事都要去请的。跑到老泉酒庄，九毛在吃晚饭，他放下筷子，一言不发地接过空瓶子，往瓶口上竖一个塑料漏斗，酒提子在酒缸里一按，提起来，倒，空瓶子很快就被灌满了。九毛做生意厚道，他拎起来的酒提子总是满的，倒完了，还要把漏斗里的剩酒沥干净。民间艺人有许多精巧的发明，酒提子是其中之一。酒提子是竹子做的，一提正好一斤，也有半斤和二两的酒提子。酒提子有一个长柄，顶端有一个弯钩，直接挂在酒缸边沿。

高队长一来，母亲照例要准备一两个平时我们不大能吃到的下酒菜。那是一个物质贫乏的年代，所谓的下酒菜，其实就是油爆花生米、蒸鸡蛋。会下蛋的母鸡是我们的"银行"。每次从土瓮里掏鸡蛋，母亲都要握在手里反反复复地掂量，掂量过之后，又塞进去，重新掏出来一个，再次掂量掂量。掂来量去，总要三四个回合，终于选定了两个，打碎了，洗一截小葱，蒸在饭头上。饭煮熟了，鸡蛋也蒸好了，黄黄的，厚墩墩的，上面漂着一层细碎的葱花。父亲一小口一小口地抿酒，高队长一大勺一大勺地舀蛋。我和妹妹远远地瞟着，口水漾上来，憋不住，悄悄地咽下去，咕咚一声，又咕咚一声。

父亲基本不吃蒸鸡蛋，只吃花生米、咸豆角、腌辣椒酱。父亲不吃，蒸鸡蛋就有剩的，小半边，浮在碗里，上弦月一样，不，比上弦月还要好看。那是我和妹妹孩童时代的福利，片刻工夫，那枚蛋黄色的上弦月，就被我和妹妹舀了个精光。

最忙不过"双抢"，那半个月，我们根本看不到高队长。问父亲，父亲说，队长是大忙人哦！队长到底有多忙，我和妹妹都没有概念，只是心照不宣地数着日子，暗暗地巴望着高队长来。有几次，趁父亲午休，我唆使妹妹去桃花，看看高队长到底有多忙。桃花离牌楼不远，名字也好记，沿着机耕路往东跑，过一座石拱桥就到了。若干年后，我看到县志载，"桃花"是"逃荒"的谐音，一批逃荒人在此落脚，繁衍生息，渐渐成了一座村庄。牌楼并没有一座像样的牌楼，但牌楼怎么就叫了牌楼呢？县志上没有一笔记载。让我没有想到的是，有几次，妹妹居然假传父亲的邀请，以致高队长如"约"而来时，厨房里的母亲愁容密布，堂屋里的父亲也很难为情，你坐，你坐么。九毛的散酒是随打随有的，但鸡蛋和花生米时常不凑巧。高队长有些困惑，看着我父亲忙里忙外，站起来，想走，又摸出一根烟，点上了，说，别忙了，有啥吃啥吧。父亲尴尬地笑着，不忙哦，就搞两个菜，你坐么……父亲说得轻巧，却把要面子的母亲愁死了。瓮里的鸡蛋早就见了底，母亲苦着脸，悄悄地走出后门，绕到五婶家借鸡蛋。五婶性子刚烈，高队长前脚刚走，五婶后脚就进了门："这个人，真是不自觉……"母亲欲言又止，埋怨地看着父亲。父亲接过五婶的话说："人家来，是看得起我，你别多话。"五婶眉毛一拧："那借鸡蛋做么事哉？你又不是多有！"父亲被五婶说得有些懊恼，却又不好直接发作："两个鸡蛋，算么东西呢？高子英，有本事哦，请都请不来的……"母亲赶紧出面打圆场，五婶气呼呼地哼了一声，一个箭步，人已经到了门外。夜色垂降，星辉从梧叶间撒下来，地面上铺了一层薄薄的盐。

也有确实借不到的时候，九毛钱一斤的烧酒，两三盘咸菜，高队长和父亲推杯换盏，喝得津津有味。因为和高队长之间的友谊，父亲在牌楼也成了一个引人注目的人物。队里的红白喜事，父亲都是座上宾，他不到场，酒席就无法开始，他一走，酒席也就散场了。时间到了20世纪80年代初，改革开放的春风吹进了牌楼，能念报告、会打一手好算盘的父亲辞掉令人眼红的村会计职务，承包了村里的窑厂。父亲是牌楼历史上第一个法人代表，把"雇佣""合伙""订单生产"这些概念带进了牌楼。高子英也不再是那个家喻户晓的生产队长了，他成了父亲的合伙人，负责烧窑的高师傅。高队长怎么还会烧窑呢？我不知道。

窑场点火之前，父亲打了五斤新明酿造的高粱酒，高规格地宴请高师傅和几个小工。那时候，新明酒坊已经取代了老泉酒庄，煤油灯退出了历史舞台，牌楼人的物质生活水平有了质的飞跃。为了这次宴请，父亲做足了方方面面的准备，甚至专门请桂琴大嫂帮忙烧菜，油煎豆腐、小藕条、炒苋菜、瓠子炒肉丝、青椒炒千张、红烧生腐、红烧鲫鱼、冬瓜汤……桂琴大嫂的厨艺远近闻名，方圆数里的红白喜事，都请她掌勺。那一顿饭吃得真长啊，中餐连着晚餐，除了滴酒不沾的蔡老三，一桌人都喝醉了。临走之前，摇摇晃晃的高师傅使劲拍着父亲的肩膀，语无伦次地说："你是兄，我、我是弟！从今往后，我俩要同甘苦，共、共患难啊……"父亲东倒西歪地扶着门框，眼睛眯开一条缝，笑容瓷在脸上。

那是一个百废待兴、乡村建设日新月异的年代，会宫、万桥、石矶头、扫帚沟……雨后春笋一样冒出大大小小十几座窑场。好在父亲抢得先机，生意最忙的时候，三十多个小工连轴转，出窑那几天，货车排成了长龙，次品都被拉走了，地上不剩一块残砖断瓦。还有人另辟蹊径，一大早就守在我家门口，包里揣着一沓现金。但父亲从来不在家里收钱，窑场里的事情窑场里办，进项和出项，分门别类，每一笔都记在账本上。父亲当了十几年的村会计，特殊年代的特殊经历，让他养成了记日记的习惯。每次出门，父亲总夹着一个小黑包，包里装着一只玻璃杯，一串钥匙，一支笔和一面巴掌大的绿本子。绿本子后来不知去向，父亲究竟在上面写了些什么？母亲不识字，我们都没有看过，这个谜，已经无法解开了。然而，父亲万万没有料到，即便自己的账本已经明细到了一毛和五分，但突如其来，要求提前分红的高师傅依旧质疑账本的真实性："看什么账本啊？我不看账本。都是你经手的，做人做事，要凭良心……"父亲的脸涨成了猪肝色，但从文争武斗中活过来的父亲到底还是忍住了，和风细雨地说："亲兄弟，明算账。不看账本，那你要怎么算呢？"灶台边的母亲急得团团转，她一面心不在焉地烧菜，一面听着堂屋里的动静。结果，酒杯都满上了，高师傅却不顾父亲和母亲的轮番挽留，执意要走。母亲颓然地看着父亲，父亲坐在门槛上，看着高师傅急匆匆的背影，一言不发。暮色笼罩，倦鸟归巢，高师傅的背影很快就消失了。

窑场里的许多小工都是高师傅介绍来的，不久之后，这部分小工就陆续离开了窑场。更令父亲意外的是，一窑又一窑砖坯都烧成了红砖。红砖是次品，只能砌内墙，不少主顾因此临时撤走了订单。烧青砖的窑里出炉几十块红砖很正常，整窑都是红砖，这是不太可能出现的现象。那段时间，父亲茶饭不思，愁容密布，他怀疑是高师傅在背后动了手脚，却又没有证据。生意越来越差，一窑又一窑红砖堆积如山，又被人蚂蚁搬家一样，慢慢搬走了。屋漏偏逢连夜雨，那时，无烟煤的价格每月都在上涨，父亲咬牙支撑着，举步维艰。

撑到年底，深谋远虑的父亲没有和母亲商量，突然将二哥送进万桥窑场。二哥不情愿，母亲也舍不得，但固执的父亲始终没有改口，心意已决。

日历翻到了1985年。那个初秋的夜晚，蔡老三突然鬼鬼祟祟地来了，一阵耳语之后，父亲便和他一起出了门。我和二哥远远地跟着，走过村口的石拱桥，走过一道道田埂，星光下，窑场静默，像一头伺机伏击的猛兽。万籁俱寂，无烟煤燃烧的气息飘荡在夜空。整个小圩在时间深处沉没了，老坟包上的洋辣子树像一把打开的雨伞。

父亲突然出现，惊慌失措的高师傅愣在拱形的窑洞里。在他身后，窑门洞开，烈焰自洞口喷射而出，呼呼，呼呼，呼呼，过道的拱壁上已经没有了往日缭绕的热气。"难怪了，"二哥说，"这时候怎么能通风呢？窑温不够，肯定又是红砖……"恍然大悟的父亲咆哮了一声，浑身上下瑟瑟发抖。

烧窑是一门和泥有关的技术，也是一门和火有关的学问。早在五千年前，我国古代劳动人民就知道把制好的土坯放在山洞里，用火煅烧。工人师傅将黄泥打成砖坯，这是物理变化，至关重要的质变需要火的作用。烧窑师傅掌握着烧火、看火、管火和用火的学问，既要使砖坯在一定的温度中完成化学反应，还要根据窑温的变化决定停火时间。一句话，火是烧窑的关键，没有火，就没有砖。恰到好处地把握火候，需要丰富的实践经验，这是一个窑师的核心技术，师傅教不出来的。

"老高，你这是干吗啊……"顾不上喷射的烈焰，父亲只身奔向窑洞。谁也没有想到，就在父亲埋头铲煤封窑门时，高师傅突然掐住父亲的脖子，试图将父亲的头塞进窑洞里。我和二哥被这猝不及防的一幕惊呆了，好在蔡老三及时冲了过去，从背后抱住了高师傅。

尽管如此，父亲还是被烈焰灼伤了。回过神来的二哥揪住高师傅的衣领。父亲朝二哥摆了摆手，有气无力地说："回去吧。"

二哥和蔡老三一左一右搀着父亲，我默默地走在后面，越走越冷，牙齿一个劲地打战。那个非同寻常的秋夜，我第一次发现，巢山顶上挂着半轮蛋黄色的月亮，月亮居然有蛋黄色的，像那些剩在碗里的父亲舍不得吃的蒸鸡蛋。蛋黄色的月亮下面，高师傅耷拉着脑袋，不紧不慢地跟着，见我回头，又站住了。我捡起一块石头，朝他掷了过去，他竟没有躲闪，石头砸中了，又蹦到了路边的水渠里。月亮碎了，一汪细碎的银子在水面上荡漾。

那个非同寻常的秋夜，那枚蛋黄色的月亮，刻骨铭心。我做了很长时间的噩梦，在梦里，掐着父亲的脖子，试图将父亲的头塞进窑洞的人不是高师傅，而是一个魔鬼，白发獠牙，眼窝空洞。那个秋夜不仅终结了父亲和高师傅之间的亲密关系，也改写了父亲的下半生。

高师傅从此不辞而别，和父亲断了来往。二哥在母亲的唠叨里搬进窑场，成了一个年轻的烧窑师傅。烧窑是个苦活，窑洞一旦封了门，点了火，师傅就得寸步不离地守着。窑场背倚白荡湖，水天相接，周遭都是田野。人家的灯光遥不可及，有的萤火虫一样浮在巢山脚下，有的星辰一样邈远，悬在天际。二哥自幼胆小。那些风雨交加的深夜，母亲总要爬起来，凑近窗边，忧心忡忡地看着黑漆漆的雨夜。每次想到这一幕，我就无比后悔，母亲时常央我去给二哥做伴，但我怕黑，一个晚上也没有去过。

父亲本想重整旗鼓，但窑场的声誉已经坏了，1986年腊月，父亲的窑场宣告倒闭。梦想破灭了！年逾半百的父亲背着一身外债，从此一蹶不振，长期在家赋闲。父亲原本是个固执而又不肯认输的人，但赋闲之后的他变得非常颓废，喝酒，打麻将，在碌碌无为中走完了余生（愿父亲在天堂里安息）。

1992年，我在皖南上大学，高师傅突然走了，肝硬化，从发病到离世，还不到五十天。他是活活痛死的，大喊大叫，自残，最后被一根绳子捆在床上……谁也没有料到，高师傅出殡那天，父亲突然挤进人群，伏棺恸哭，悲痛欲绝。父亲的哀恸让送葬的乡亲黯然动容。许多年之后，老人们依旧向我说起这一幕："你可还记得高子英啊？给你大烧窑的，高师傅。"我当然记得高师傅，更不会忘记那个非同寻常的秋夜、鬼鬼祟祟的蔡老三和灼烫的窑火。巢山顶上，挂着半轮蛋黄色的月亮……

死亡带走了一个人所有的过错，也只有死亡，才能弥合一个人留给另一个人的创伤。"哎！争什么呢？没什么好争的。到头来，谁都躲不掉一个'死'字。"每次提起高师傅，父亲总要叹一口长气，面容哀戚，惋惜他的短寿。如今，小圩里沟渠干涸，水草和水鸟一起消失了，田畴和岁月一样苍老，了无生机。父亲的窑场成了一座废墟，窑洞封闭，四周杂草丛生，窑顶上长着几棵构树。牌楼人不叫构树，叫"皮树"，大约是因为树皮能造纸。小时候我们常吃皮树果，红色毛刺状，味酸甜。老坟包居然长平了，废弃的窑场隆在白荡湖边，从牌楼望过去，就是一座无主的老坟。

一枕蛙声

    谷雨过后，小区池塘里总会响起一阵阵蛙声，咕咕，呱，咕咕，呱……通宵达旦，不知疲倦，像一阵阵密集的雨点。被蛙声叫醒的晚上，窗棂上闪现着幽蓝色的天光，它们来自遥远的星宿，长途奔袭，恍如梦中人光洁的脸。好多年了，我没有听过这样密集的蛙声，于是醒着耳朵听。一边听一边想，心魂就在蛙声里插上了翅膀，飞到了皖江北岸的牌楼——回不去的故乡。顽劣的童年，牌楼的夏夜星斗满天，微风习习，田畈里月色如盐。蛙声从月色里浮上来，像白荡湖里浩浩荡荡的水，一波波涌来，一波波散去。秧苗在蛙声里醒着，腰身亭亭玉立，仿佛一排排列队的女兵。微风拂过，秧苗间的涟漪上月光激滟，似一汪汪破碎的水银。

    燠热的夏夜大汗淋漓，睡不着，我们便趿拉着拖鞋，打着手电，到田埂上照"癞癞姑"。"癞癞姑"就是蟾蜍，俗称癞蛤蟆，凉性大，毒性也大，有药用价值。在响彻田畴的大合唱里，癞癞姑是沉湎于抒情的男中音，声调迟缓而低沉。耽于抒情的癞癞姑因此很容易落网，它对即将到来的危险浑然不觉，趴在手电的光柱里，一动不动，双眼暴突，腮帮一鼓一息。癞癞姑全身都有毒。大人告诫说，癞癞姑的腮帮一鼓一息，是为了喷射能致人双眼失明的毒液。听上去很恐怖，但我们都不相信，村里村外，也没见一个被癞癞姑喷射毒液以致失明的人。有一次，癞癞姑的毒液喷到大强的脸，大强用手一摸，立即捶胸顿足，一边向家狂奔一边号啕大哭。跑到家的大强还在哭，"妈妈，我会不会瞎？呜呜……""妈妈，我会不会瞎？呜呜呜呜……"大强当然没有瞎，不过他的左脸痒了一个晚上，大强妈为此一夜无眠，反复用肥皂水给大强洗脸，消毒。第二天一早，大强的左脸微微泛红，阳光下，像一块褪色的旧抹布。大强故意眯着一只眼，抖着一只手，说：你们谁牵我？我搞瞎了……"瞎子"从此成了大强的外号。瞎子你先走。瞎子你慢点。瞎子被我们叫得很生气。但他完全是自作自受，生完气之后，他万分不乐意地接受了这个外号。

这是不多的意外之一。乡下的孩子顽劣惯了，捕鸟、抓蛇、撵兔子、钓黄鳝……在无限接近自然的生存训练里，我们早就掌握了一套对付癞癞姑的办法和技巧。癞癞姑的习性近似于麻雀。麻雀怕光，却又喜欢在草檐下做窠，手电筒一照，笔直的光柱里，总有一两只麻雀坐以待毙。一伸手，麻雀就在我们的手心里瑟瑟发抖，纺锤般的身体柔软而饱满，像一只温热的暖水袋，有着丝绸的质地与手感。我们都不喜欢麻雀，它们毫无节制地便溺，房前屋后，劣迹斑斑，被逮住的麻雀因此都没有好下场。一条长绳，拴住麻雀一只瘦骨伶仃的脚。第二天一早，绳子还在，麻雀不见了。地上翻卷着几片散乱的羽毛。

和照麻雀相比，我们更喜欢照癞癞姑。出门照癞癞姑，我们都要拿一根或长或短的棍子，一是为了探路，二是为了防身。夏夜，田埂上多水蛇，吐着信子，从一块稻田，慢悠悠地游进另一块稻田。蛇是青蛙最主要的天敌。水蛇过处，蛙声凄厉而短促，由强渐弱，终至无。满田蛙声也会归于短暂的沉寂。我们不怕水蛇——水蛇无毒。乡下的男孩子，很少有怕水蛇的。有些捣蛋的男孩子，还会拎起水蛇的尾巴，抖着玩——却怕遇到这样的场景，更怕听到这种濒死的蛙声。然而，一个夏天，我们免不了要和这样的场景狭路相逢，也免不了要听几回这样的蛙声。每一次，我们都慌忙绕道而走，不敢上前解救。从小，我们就被一遍遍地灌输农夫和蛇的故事，蛇，是离我们人类最近的冷血杀手。除了水蛇，我在牌楼见过的蛇还有：菜花蛇（常见，无毒）、赤练蛇（常见，微毒）、乌梢蛇（常见，无毒）、蝮蛇（至少遇见过两次。剧毒，又称"五步蛇"）、青蛇（遇到过一次，从曾二爷家的无花果树上探出身来，像一片雨后的翠绿的竹叶。有毒）。一个盛夏的正午，我去给抢收的二哥送饭，一条通体金黄的蛇，长不过两尺，突然掠过田埂上的黄豆秧。我至今不知道那是什么蛇，它的出现和消失都太迅疾了，像一道猝不及防的闪电。

照癞癞姑的晚上，远远近近的稻田里，摇曳着一束束光，像大地漫游的灯盏。那是远道而来的捕蛙人，套着密不透风的水袄——伸手不见五指的旷夜里，这种衣服的封闭性能够最大限度地保障他们的安全——两个人结伴而行。一个人蹑手蹑脚地走在前面，晃着手电筒；一个人不远不近地跟在后面，拎着蛇皮袋。捕蛙人不仅捕蛙，也抓泥鳅和黄鳝。田畈里汁液饱满，物产丰富，捕蛙人眼疾手快，只要半个晚上，就能装满半只蛇皮袋。狡黠的乡亲终于意识到，此田是我开，此秧是我栽，要想抓黄鳝，快点拿钱来。孰料捕蛙人并不买账，天大地大，田埂上有的是青蛙，水渠里多的是泥鳅和黄鳝。这就有些无趣了，乡亲们原本只想讨包烟抽，却不想"秀才遇到兵"，于是悻悻然，生闷气，低头疾步往家走。临走前，少不了要往自己的田里扔几块土疙瘩。

远道而来的捕蛙人，唤醒了乡亲们浑浑噩噩的日子。当邦富从扫帚沟拎回一条狭长的竹笼子时，乡亲们并不知道。邦富之所以要买这样的竹笼子，是为了在水田里罩泥鳅和黄鳝。乡亲们只是好奇，一吃过晚饭，惯于好吃懒做的邦富居然扛着一把铁锹，拎着竹笼子进了田畈。邦富在田埂上挖出一道细细的水沟，将竹笼子埋在出水口的下游。为了怕人察觉，邦富还在水沟上铺了一蓬草。天麻麻亮，邦富再去起笼子，一笼子的黄鳝和泥鳅。黄鳝少，泥鳅多，在笼子里活蹦乱跳。

放了一夜的水，秧田早就干了。秧田是不能缺水的，户主找邦富，邦富死活不承认，甚至不惜起誓，赌咒。在牌楼，一个人只要起了誓，赌了咒，事情也就到此为止了，除非铁证如山，否则谁也不能再追究。左邻右舍，抬头不见低头见，在乡村这个近乎封闭的熟人社会里，谁也不忍将对方逼到绝路。然而，谁能想到呢？信誓旦旦的邦富竟然能以独子的生命为赌注。他借此逃过了一次又一次责难，但人在做，天在看，冥冥之中，他终究没能逃过上天施予他的惩罚。当然，这是后话了。

拦不住捕蛙人，抓不住邦富，乡亲们只好自力更生，半夜起来去"看水"。"看水"是件苦差事，尤其在农忙时节，乡亲们疲惫不堪，却睡不了一个囫囵觉。二哥辍学务农时只有十七岁，身板单薄，却是我家唯一的壮劳力。需要看水的晚上，二哥拎一把铁锹，别一支手电筒，喊上我，悄悄地拉开后门，摸黑走。我家的四块水田都不在一处，一遍"看"下来，几乎要横穿牌楼的整片田畈，那真叫一个人困马乏啊！上眼皮和下眼皮一直在打架。一天晚上，大雨如注，我站在门口犹豫不决，最终还是跟着二哥一头扎进漆黑的雨夜。雨幕连天扯地，田埂上四处漫水，深一脚，浅一脚，好几次，我差一点就踩到了田里。踩着踩着，不远处的雨幕里突然扯出一道手电的光。二哥赶紧拉着我蹲下来，只见一个鬼鬼祟祟的人影，戴着斗笠，披着雨衣，在我家的田埂上走走停停。我感到自己的心脏就快跳出来了，二哥贴近我的耳朵，说："肯定是邦富，你别作声……"半晌之后，手电光忽明忽暗，像一只向村口移动的萤火虫。明明灭灭的手电终于在村口消失了，田畈里只剩下喧腾的雨声。二哥在田埂上来回摸了三遍，终于扯起一只笼子，笼子里有四五条泥鳅，三条黄鳝，每一条黄鳝都有大拇指粗。我欣喜若狂，二哥也很高兴，这些泥鳅和黄鳝，够我们全家吃两三顿。

第二天，田畈里风平浪静，村子里风平浪静。我从邦富家门口来回走了两趟，邦富蹲在泡桐树下闷闷地抽烟，手里拿着一根枯树枝，在泥巴地里乱画。我故意吹着口哨，邦富瞟了瞟我，一言不发。

这一次偷袭似乎引起了邦富的警觉，当二哥如法炮制时，居然再也没有得过手。很久之后我们才知道，邦富并没有收心，而是将偷猎的范围扩大到了其他的村子。他白天踩点晚上放笼子，单枪匹马，艺高人胆大。俗话说，要想人不知，除非己莫为。某个伸手不见五指的晚上，蛙声如雨，萤火虫点亮了迷乱的火把，当邦富像往常一样悄悄潜入油坊村的田畈时，七八条庄稼汉子从四面包抄，暗中向他扑了过来。这出人意料的伏击，让邦富魂飞魄散，他慌不择路，没有掉头跑向村庄，而是直接蹿进了更深的田畈。田畈尽头便是水际接天、烟波浩渺的白荡湖，当邦富意识到自己的危险处境后，已经没有了退路。汉子们穷追不舍，大呼小叫，油坊村老老少少都被惊醒了。田畈里，人声喧腾，亮如白昼。

邦富在白荡湖的堤岸上来回折返了两次，面对不断缩小的包围圈，疲于奔命的邦富突然迸出一声嘶哑的长啸。这一声长啸蓄满了绝望，突如其来，像白雪皑皑的荒原里的一声狼嚎。穷追不舍的汉子们终是不忍，也或许，是已经辨出了那个狼奔豕突的身影——邦富名声在外，当然，不是什么好名声。啸声过后，围追堵截的脚步缓缓停了下来，包围圈慢慢让出了一道缺口。然而，邦富的决绝出乎所有人的意料，他没有趁机逃走，反倒一头扎进月黑风高的白荡湖。

手电筒一阵乱晃，堤岸上一阵惊呼。

白荡湖直通长江，水面辽阔，风大，浪急，漩涡多。在我的童年和少年时代，牌楼的泳将们结伴畅游过长江，但一直没人挑战过白荡湖。盛夏的黄昏，落霞与孤鹜齐飞，偶尔能看到水性好的艄公在岸边洗澡，渔船泊在岸边，水面上浮着一条拇指粗的棕绳。

人越聚越多。乡亲们在堤岸上来来回回地奔走，呼喊，一直到天亮，但邦富一直没有上岸。他仿佛成了一条鱼，从白荡湖游进了日夜奔流的长江。当邦富的母亲拄着拐杖，颤巍巍地爬上堤岸时，太阳已经跃上了山顶。堤岸上寂无人声。老人盯着银光闪闪的白荡湖，先是浑身颤抖，接着大放悲声："邦富——我的儿啊……"这一声呼唤满含血泪，似万箭穿心，堤岸上的乡亲一个个哭成了泪人。邦富的母亲年逾古稀，她守了半个多世纪的寡，好不容易熬到老，竟是白发人送黑发人——白发人送黑发人，这是人生最苍凉的悲，也是人生最深重的痛。

老人拄着拐杖，一个人颤巍巍地来，又拄着拐杖，一个人颤巍巍地离开。她没有追究任何人，也没有问，甚至没有报警。

那一年冬天特别冷，老人在空荡荡的守候里溘然长逝，带着一腔遗憾，任劳任怨地走完了含辛茹苦的一生。

弹指一挥间，如今三十年过去了，没有人再见过邦富，他凭空消失了，仿佛一滴水，悄然融汇于白荡湖，又仿佛从未出现过。在日新月异的乡村剧变里，乡亲们已经习惯于忘却。但邦富确凿就是我们牌楼人，和我同姓不同宗，按照辈分，我应该喊他堂兄。

咕咕，呱，咕咕，呱……在蛙声里神游，我不禁想起宋人赵师秀的诗句："黄梅时节家家雨，青草池塘处处蛙。"便见曾二爷家的池塘里浮满了大大小小的青蛙，雨后的长吁短叹清脆而悦耳，像它们冰凉而湿滑的肌肤，又像满天星辰，伸手可触。偶尔，绿萍深处也会传来"咕咚"的一声，水中浮游的青蛙自由、灵活而优美，没有一个形象能够比喻正在游泳的青蛙，游泳的青蛙就是比喻本身。转念间，我又想起辛弃疾的名句："稻花香里说丰年，听取蛙声一片。"许多年了，我再没闻过稻花的香味，那种沁人心脾的香味一直流淌在我的血脉里，我从未忘却，时常怀念。

这样想着，窗外便传来洒水车作业的声音，这是我周一到周五起床的闹钟。周一到周五，我要给儿子做早饭，送他上学，看着他背着沉甸甸的书包，慢慢地走进校门。那是我一天中最踏实的时刻，我知道自己从何处来，往何处去。更多的时候，我感觉自己就是一只茫然的青蛙，身不由己，沉浮在洪水一样的喧嚣市声里。

葬礼

老人躺在门板上，头朝南，脚向北，一床簇新的寿被从头到脚蒙住他的遗体。这个八旬老人已经被死亡抽空了，崎岖不平的身躯彻底坍了下去，像一床无法归整的旧棉絮。时值酷夏，树梢没有一丝风，人来人往的堂屋像一只火药桶，仿佛只要两个人擦身而过，空气就能够燃爆，冲起一团蘑菇云。老人就是热死的，在他之前，村子里已经热死两个。两个年纪都不大，做饭，洗衣，下地干活，看上去身子骨非常硬朗。"人假得很啰！晚上还吃了半碗饭呢，说不照就不照了……"我默然地听着，却有些怀疑老人真正的死因，所谓的"热死"，或许只是一种巧合，致命的，应该还是基础病。在老人的正上方，吊扇有气无力地旋转着三片扇叶，呜呜呜，呜呜呜。我出神地看着寿被上的牡丹，一丛又一丛，怒放的花蕊，在热风中微微抖动。

堂屋里，灵床前，半蹲半跪着七八个孝子贤孙。他们披麻戴孝，儿孙一身缟素，女儿裹着上半身，媳妇和女婿的头巾上洇出一抹朱砂印。这细微的差别，标识着不同的身份，不能错的，约定俗成。每次来人吊唁，孝子贤孙就要远远地迎上去，等来人的鞭炮放完了，这边再放一挂小鞭炮，然后双膝下跪，双手朝天，等着来人疾步上前，弯腰，俯身，将他们拉起来。四目相对的瞬间，神情都是肃穆的，两双手，仿佛已经传递了所有的语言。人死不能复生，还能说什么呢？言不由衷，语言也很苍白，无非是"往生极乐""节哀顺变"……死亡降临任何一个家庭，悲伤都在所难免——死亡，赤裸裸地撕开人生残酷的真相，它是我们的灵魂终将奔赴的黑色迷宫，是我们的肉体终将寂灭其中的黑暗深渊。

　　跪地迎接的孝子贤孙是事先选好的，他们负责守灵，吊唁的人下跪，他们也要陪着下跪，吊唁的人站起来，他们才能跟着站起来。这是个力气活。通常一天要跪几十次，秋冬两季衣服厚，尚无大碍，春夏两季就很痛苦了，膝盖跪到流血是常事，晚上结了痂，第二天，又渗出新鲜的血丝。逝者如果是一个有身份的人，或是生前广结善缘，吊唁的人会更多，孝子贤孙们忙得团团转，两脚不沾灰，车轱辘一般。这般折腾，年纪大的人自然吃不消，但礼节不能废，于是投机取巧，在膝盖上偷偷地绑一块绵软的布垫子。

　　纵有千般苦、万般累，孝子贤孙们谁也不敢抱怨。这一方面来自传统礼仪的无形约束，另一方面则来自世俗生活的现实压力。在乡村普遍"空心化"的今天，养儿已经不能防老了，养儿子的实际功用，就体现在老人去世以后，有一个"孝子"在棺材前下跪，守灵——对于逝者来说，守灵的是不是真的孝子，已经无所谓了。

女儿和媳妇不用守灵，她们负责哭丧。"哭丧"是葬礼必不可少的一道程序，既能合乎情理地表达家属的悲伤，又能顺理成章地宣扬逝者的功德。我们这些在乡下长大的，谁没有听过哭丧呢？哭丧是丧事中最动人的部分，平时再不会言辞的女人，一旦哭起丧来，立即就成了民间表演艺术家——她们声情并茂，一唱三叹，极富感染力。作为一种告慰逝者的仪式，哭丧并无成规，张三哭张三的，李四哭李四的，哭诉的，都是一些陈谷子烂芝麻的琐事。"我苦命的老子哎，你好狠心啊，丢下老娘，自己去享福呐……"这是最常见的开场，恰如其分地表达出内心的悲伤，接下来才正式进入主题：某年某月救起一个溺水的孩子；某年某月帮某人收回几十斤稻子……往事历历在目，纷至沓来，哭丧的女人感情真挚，哭着说着便进入忘我之境。她们不厌其烦地历数逝者的诸多美德，在争先恐后的历数中，逝者的形象逐渐高大了起来，丰满了起来，当然也陌生了起来。逝者已经不是那个逝者了，而是一个完人，美德的化身。逝者为大，逝者为尊。一个人只要成了亡魂，就带走了所有的抵牾、敌意和仇恨。哭者是真的伤了心，听者也是真的动了情。大姑娘小媳妇们站在灵堂外围，原本是来凑热闹的，听着听着，眼眶忽然就红了，忍不住陪着落泪，渐至大放悲声。

围观的人越多，女人哭得越起劲，越伤心。哭丧，固然有一些夸张和表演的成分，但又承载着乡土社会最淳朴的人情。

我十三岁那年，步枪大爷在孤苦中离世。步枪大爷姓高，喜欢孩子，一到农闲，就领着一群孩子在田畈里到处玩，捉泥鳅，罩青蛙，逮蚱蜢……每次必玩的，是打"日本鬼子"——他蹲在田埂上，眯着一只眼睛，两只手一前一后，端成一杆步枪的形状，然后射击："啪叽，啪叽，啪叽。"孩子们佯装中弹，慢慢歪倒在地。歪倒在地的孩子笑了，爬起来，继续玩。日子久了，大人和孩子都叫他"步枪大爷"。他欢天喜地地应着，似乎很喜欢这个外号。步枪大爷一生未婚，孤身一人寄居在牌楼。乡亲们念及步枪大爷对孩子的好，便集体凑份子，买了口薄薄的棺材，将他草草地收殓了。所谓"草草"，是既没有设灵堂，请道士诵经，也没有按照老皇历，请三碗六水，先掐一个吉时入殓，再掐一个吉时出殡——这是牌楼人祖祖辈辈传下来的规矩，穷也好，富也好，都要经过这几道固定的程序。然而，规矩到了步枪大爷这儿，能省的都省了，黯然离世的步枪大爷，只穿了一双自己备好的老布鞋，上路的老衣——还是大胡裁缝实在看不过去，用自己店里的老布临时缝出来的。寒酸是寒酸，简陋是简陋，但牌楼的老少爷们都给他守了灵，连吃奶的孩子都由母亲抱着，在门外，朝他低矮的草屋伏地作揖，磕了三个头。这是莫大的哀荣，记忆里，除了步枪大爷，牌楼再没有第二个亡人享受过这样的待遇。

就在大家将步枪大爷抬上山准备安葬时，老人的两个侄女突然赶了回来，两人一路走一路哭，人还没有上山呢，身后已经跟上了一群泪眼婆娑的妇女。她们不是牌楼人，也不认识步枪大爷，仅仅因为那一声声恸哭，让她们不由自主地迈开了脚步。那一声声恸哭排山倒海，响遏行云，惊天地泣鬼神。送葬的乡亲纷纷停下手中的活计，又好奇又感动地眺望着步枪大爷的两个侄女，而那两个风尘仆仆的人早已哭得脸红脖子粗，上气接不住下气。这种发自肺腑的悲伤，是装不出来的，送葬的老人于是一面抹泪，一面拍着棺木，哽咽着说："步枪大爷，慢走啊，你还算有福……"

去世之后有人伤心，有人恸哭，对逝者来说就是"福"，这是牌楼人一条至关重要的衡量标准。或许也正因为这条标准，牌楼人才格外重视生儿育女，哪怕是那些饥馑的年月，哪怕是穷得揭不开锅，牌楼人的襁褓里，从来就没有断过嗷嗷待哺的小儿女。育有五六个子女的家庭非常普遍，最多的有十个，老大已经定亲了，老小还在稻场上四处爬，咿呀学语。

置身现场，风烛残年的老人心情最复杂。老人们并非兔死狐悲，而是这些仪式更像是一次预演，稀释了他们对死亡的畏惧，他们对必然要来的人生结局，也多了一份理解、坦然与从容。"黄泉路上无老少，哪里的黄土都埋人。"历经一次又一次送别，老人们终于想通了一个理，生与死之间的晚年，就是向死而生。向死而生，是他们最终的必然的命运。

"人死如灯灭"，这是大志经常挂在嘴上的一句话。大志是个杀猪匠，力气大，胆子也大，村子里无论谁老了，都要请他帮忙。他一个人替死者擦洗，换老衣，一个人在老坟场替不能进门的亡人守夜。他拎一床草席，摇一把蒲扇，枯坐一个晚上，抽掉两包烟。老坟场在村外的一座荒坡上，荒坡下还有一口月牙形的池塘，池塘四周长满了枝叶横生的泡桐和刺槐。泡桐花开了，刺槐花开，香气袭人，无数蜜蜂在花丛中穿梭，嗡嗡嗡。这自然是白天的景象，只要太阳一落山，我们就不敢靠近老坟场，老坟场里经常会蹿出一两丛"鬼火"，低低地摇曳着，很快又熄灭了，蓝宝石的颜色，泡桐花的形状，像夜空深处闪烁的星光。老人说，夜下了，老坟场里的怨鬼和冤魂都会钻出来，不干净啊！大志不信这个邪，他说："那都是胡扯的，人死如灯灭。"他猛吸了两口，把快要烧焦的烟蒂弹出半丈远，接着说："人一死，身上的阳气就跑掉了，和一头死猪没什么差别。有什么好怕的？"

大志杀生多，又经常搬弄死人，老婆嫌他阴气重，经常不许他上身。夫妻俩为此三天一小吵，五天一大闹，闹到最后，讨饶的，总是大志。

在乡下，像大志这样胆大而唯物的，毕竟是少数，更多的人依旧笃信亡灵的存在。在这些人看来，死亡只是肉体的寂灭，亡灵还会继续生活在另一个世界。事实上，葬礼上的这些繁文缛节，固然是伦理与情感的现实需要，更多的，恐怕还来自活人对亡灵的敬畏心——以敬畏心守灵，以敬畏心哭丧、入殓与出殡，葬礼之后，又以敬畏心跪拜一座座孤寂的老坟。至少，我是这样认为的。生而为人，需要一颗敬畏心，对亡灵的敬畏是最高的敬畏。敬畏亡灵，其实就是敬畏生命，敬畏万物、自然和众生。

　　一场合乎礼仪的葬礼，需从守灵开始，又以守灵结束。灵堂里阴森森的，遗像摆在案上，长明灯点在头顶。灵堂两侧，两盘蟒蛇一样的檀香从梁上垂下来，一团又一团烟灰色，螺旋式上升。灵堂周围，依次摆放着亲友们送来的花圈。花圈摆放的顺序是有讲究的，既按辈分大小，也论关系亲疏。亡人出殡之后，长明灯撤走了，花圈撤走了，檀香也撤走了，但遗像一定要捧回来，恭恭敬敬地摆在案上。是的，遗像一定要用双手"捧"，不能一只手"拿"，更不能"拎"。遗像，是亡灵物质化的替身。捧回来的遗像要供七七四十九天，每天供奉一日三餐，早晚至少要敬两炷香。七七四十九天，最重要的是"头七"和"三七"，过了奈何桥，喝了孟婆汤，从此阴阳两隔，各在一方。四十九天之后，遗像就可以挂上墙了，从这一天开始，亡灵就住进了遗像里、梦境里、无边无际的天宇里。亡灵的形象就是时间的形象，面容苍老而空洞，神情冷漠而虚无。没有人真正触及过它，但它无处不在。

　　老人是晚上八点多下葬的，土葬，浅浅的坟坑被稻田合围。夏夜的坟场上蚊虫集结，在身前身后乱飞，伸手就能抓住。坟场周围，月色幽微，怒放着一丛繁花如织的金樱子。大家松松垮垮地站着，抽烟，低语，不时跺一跺脚，看一眼手机，等着道士择定的吉时。不远处，黑黢黢的巢山铁塔一样静穆。山脚下就是牌楼，稀疏的灯光悬浮在夜色里，一盏，两盏，三盏，如梦似幻，像一只只轻盈的萤火虫。

像熟悉葬礼的寒凉与喧闹一样，我熟悉这人世的苍茫与虚幻。每参加一次葬礼，我就掏空自己一次，那种无力与无助，以及那种生而为人的卑微感，像止不住的热泪，总在一个个无人注意的角落，肆意横流。这时候，我毫不掩饰自己的悲伤，就像我毫不掩饰自己对人世的贪念，对万物、自然和众生的敬畏心理。

曾经一次次冥想，当死神突然来临，我要靠在一张藤编的竹椅上，从容地离开这个世界。那张藤编的竹椅，要摆在一座开满金银花的院落里，夕阳西下，落日的余晖像母亲久违的手，抚摸着我即将寂灭的身体。在永久的黑暗莅临之前，我要最后一次默念故乡的名字，爱人的名字，亲人的名字，我要在心里为他们最后祷祝一次。当我弥留时，我看见死神披着黑暗的大氅，看见自己的灵魂离开肉身的躯壳，极速飞升，像一道闪电，慢慢消失于天际。我知道，一切都结束了，我依依不舍地，永久地合上了双眼。

我爱的人，请为我哭泣，请为我举行一场简朴的葬礼。

生死之间

《礼记·祭义》："众生必死，死必归土，此之谓鬼。"

——题记

一

纪晓岚在《阅微草堂笔记》里录了许多鬼故事，之所以说是"录"而不是"写"，是因为许多鬼故事都标明了讲述者，包括具体的时间和地点。真事隐，假语存，看上去很像那么回事。更像那么回事的，是中国文言短篇小说的巅峰之作《聊斋志异》。据说蒲松龄自备茶水，请人说鬼故事，他则记录下来，并煞有介事地注明"异史氏曰"。此地无银三百两，信与不信，全在阅读者自己。

中国文学，魏晋开始便有了志怪小说，谈鬼、说鬼、写鬼蔚然成风，历代不绝，堪称中国文学史上的一大奇观。这说明，鬼故事在中国民间流布已久，以至绝大多数人的心里，都有鬼。

鬼是什么？是亡人的魂。在《阅微草堂笔记》和《聊斋志异》里，亡人多显出原形，民间的说法是借尸还魂。蒲松龄笔下多女妖，女妖其实就是女鬼。这些女鬼来往于人界和鬼界之间，无所不知，无所不能。

最著名的鬼故事当属《聂小倩》。聂小倩生前只活到十八岁，死后葬于浙江金华郊外荒凉的兰若寺旁。书生宁采臣暂居兰若寺时，小倩受夜叉指使前来谋害，却被宁采臣打动，遂如实相告。宁采臣脱险后没有辜负聂小倩，原配病逝后，宁采臣便娶聂小倩为妻。"女慨然华妆出，一堂尽眙，反不疑其鬼，疑为仙。"此时的聂小倩已逐渐脱离了鬼界，举止言谈犹如常人，貌美如仙。故事说到这里其实可以结束了，余音绕梁，荡气回肠，但蒲松龄不愿意。蒲松龄似乎想说一个正能量爆棚的鬼故事，于是又给这个"人鬼情未了"的故事续了一条光明的尾巴："后数年，宁果登进士。女举一男。"意思是说，宁采臣终于成就了一番事业，高中进士。聂小倩呢？生了个儿子，这个儿子后来还当了官，而且官声还不错。故事到此才算全部结束，皆大欢喜！蒲松龄为什么要写这一段，换句话说，他为什么要安排皆大欢喜的结局？高二时看《聊斋志异》，囫囵吞枣，大学时重读，依旧一知半解，云遮雾罩，直到我自己动笔之后，才慢慢悟出了其中的奥妙。

和小说比起来，电影《倩女幽魂》或许更负盛名。王祖贤饰演的聂小倩，凄美而幽怨，哀婉而飘逸，"疑为仙"。在我狭隘的视域里，王祖贤饰演的聂小倩和陈晓旭饰演的林黛玉，是华语影视史上难以逾越的经典。我第一次看《倩女幽魂》时已经大学毕业，寄住在庐州城南的一处城中村里。城中村唯一的一所录像厅开在一栋两层小楼的地下室，常年不见阳光，酸腐的空气像充盈的荷尔蒙。从录像厅里进进出出的，都是一些光膀子的年轻人，抽烟、吐痰、飙脏话，偶尔，也会出现一两个情窦初开的女学生。她们跟在他们后面，扭捏着，矜持着，渐渐也就豪放起来，稚嫩的脸上绽开无畏的笑容。我一个人缩在最后一排，全神贯注地盯着屏幕上的张国荣和王祖贤……电影结束了，录像厅里的男男女女鱼贯而出，嘈杂的城中村从四面八方围了过来。走到住处的时候，灯光消失了，远处的夜色墨汁一样浮上来。我高一脚低一脚，四周的夜色突然有了重量，我在其间，成了一个即将溺水的野泳者，颤抖的双手，迟迟无法将钥匙塞进锁眼……那一刻，我想起宁采臣寄居的鬼蜮一般的兰若寺，又想起自己年少时撞到的"地煞"。

在牌楼，地煞就是一根会移动的高高耸立的黑柱子。第一个撞到地煞的牌楼人是立春妈，她在撞过两次地煞之后，忽然成了睁眼瞎。闲聊时，立春妈经常说，地煞虽然一团漆黑，但移动时会发出一团炫目的光……这太玄乎了，无法想象，超越了牌楼人的智商。没有人质疑过立春妈，也没有人质疑过她的瞎。后来，越来越多的牌楼人宣称自己撞到了地煞，有时间，有地点，唯一的疑点是没有证人。

我也撞过一次地煞。那个盛夏的黄昏，苍穹低垂，云朵在西天疾走，如奔马，似烈焰，树冠上纷披万道霞光。大人都在田间地头忙着"双抢"，我太累了，昏昏欲睡，于是一个人提前回家。后门正对黝黝然的巢山，草木在余晖里绿得发黑，森森然，仿佛就要压下来。空气压抑、沉闷而燥热，我忽然想上厕所，然而，厕所依山而建，就在巢山脚下。我强忍着，终究忍不住，只好硬着头皮，走向山脚下那一片越来越深的黑暗。走着走着，突然，身后传来一阵急促的脚步声，我走他也走，我停他也停。我不敢回头，余光里，身后立着一道幽深的屏障。恐惧瞬间攥紧了我的心脏，砰砰砰，一匹急于脱缰的野马，仿佛就要跳出来。我应该出汗了，像午后的雷阵雨，发窠里冲出一条腥咸的瀑布。

厕所近在尺咫，但我跨不过去，我怀疑厕所里躲着一个披头散发的女鬼，她施行的法术，让我进退维谷。不知道时间究竟过了多久，突然，山脚下飞快地移动着一道黑色的擎天柱，当那道黑色的光柱像黑旋风一样逼近我的时候，我瞬间昏了过去……

我一夜高烧，抽搐，说胡话。凌晨三点，当破罢街上的唐医生在父亲的请求下，深一脚浅一脚地摸进我家时，我已经烧到了四十度。唐医生几乎被我烫伤了，他一次又一次甩着温度计，长时间喃喃自语。父亲忐忑不安地站在床边，捕捉着唐医生愁云密布的脸。那个，不是得了脑膜炎吧？唐医生不置可否，最后又举棋不定地摇了摇头。折腾了半天，最后唐医生既没有输液，也没有打针，只是叮嘱我父亲，在我的脑门上敷一块潮毛巾……这是死马当活马医了，唐医生的束手无策几乎宣判了我的死刑。万幸的是，第二天上午，我慢慢地退了烧，忽然醒了过来。屋瓦间泻下炫目的日光，日光里，浮着几张焦虑的脸。我无力地躺在床上，浑身上下像在水里浸泡过一样。真渴啊！我想喝水，却又说不出话来。一夜无眠的母亲喜极而泣，她一遍又一遍地摸着我的脑袋、手和脸。在母亲的爱抚里，我感觉自己成了一片随波逐流的树叶，四顾皆茫茫，脑海里一片空白……我在床上浑浑噩噩地躺了三天。母亲事后说，那三天，我只吃过一根腌黄瓜，喝过几小碗粳米粥。

这神奇的遭际，被大人们笃定是"撞到了地煞"。大人们笃定了之后，我反倒不敢确定了，我觉得自己只是做了一个噩梦——在梦里，我遇见了一个庞然大物，当庞然大物向我大踏步奔来时，我吓醒了……

这庞然大物果真存在吗？我无法自证它的真，当然也难以证明它的假。成年之后，我终于笃定，童年的我没有说谎，立春妈第一次看见和乡亲们后来看到的，正是我亲身经历的骇人景象。奇怪的是，在《阅微草堂笔记》和《聊斋志异》里，我都没有看到类似的故事。纪晓岚或许另当别论，但道听途说、添油加醋如蒲松龄，怎么会放过这样的遭遇呢？！

另外一次亲身经历，同样让我百思不得其解。那一年，老太太驾鹤西归。当我抱着儿子准备去老太太的老屋时，他突然挣扎了起来，指着不远处的老屋说："鬼！"这一声太清晰了，振聋发聩！我惊愕地站在原地，这，怎么可能呢？！他刚满两岁，生性胆怯，我们从来没有在他面前谈论过鬼。那么，他看见了什么？不远处，老太太低矮的老屋孤零零地卧在村口，亲属们肃穆地站在屋后和门前。哪有什么鬼？！我小声地劝慰儿子，准备再次去往老屋时，他紧紧地搂着我的脖子，哭出了声来。他的哭声里透着明显的恐惧，那一刻，我头皮发麻，后背滚过一万道冷汗。

我退了回来。儿子蜷缩在我的怀里，像一只受惊的小兽。他一定看见了什么！但他究竟看见了什么？我不知道，也没有追问。自小到大，我们接受的都是唯物主义教育，我若追问，势必无法自圆其说。

二

牌楼，我的精神原乡。每次遇到解不开的疑难，我都要回牌楼去看看。牌楼其实没什么可看的，但牌楼的老人饱经沧桑，这一群老人，是农耕文明最后的标本，是乡土社会的守望者和终结者。他们足不出户，却阅尽人世繁华。每次我向老人们请教，老人们都笑眯眯的，必得先说上一车轱辘的客气话。然而，老人们的话匣子一旦打开，便知无不言言无不尽了，一上午的陈谷子，一下午的烂芝麻。这些陈谷子烂芝麻其实并无具体的指向，但我忽然就释然了，人生所有的疑难都在这些陈谷子烂芝麻里找到了答案。

农历三月初三、七月十五、九月初九，这三天是老人所谓的"鬼节"。其中，三月初三和九月初九是水鬼的节日，牌楼人传下一句古话："三月三，九月九，无事别在水边走。"在水边走了会如何呢？在水边走会冲撞到投胎的水鬼，不能投胎的水鬼会原形毕露，冲撞者或魂飞魄散，或一命呜呼。孩子们或许不怕死（其实也并非不怕，而是不明白什么是死），但都怕鬼。因此，再顽皮的孩子，这两天也会老老实实地守在家里，没有大人的许可，谁也不敢轻易出门。

农历七月十五俗称"七月半"，是最隆重的鬼节。牌楼人相信，人死之后，魂还活在另一个世界，七月半这天，尘缘未了的亡灵会结伴回家，直到重新投胎。无家可归的孤魂野鬼势单力薄，却也不能怠慢。七月半这天，牌楼人是不串门的，女人和孩子既不能穿红色的衣服，也不能戴红色的头巾或围巾。太阳还没落山，家家户户敞开大门，迎接回家的先人。祖宗牌位自然已经擦过了三遍，规规矩矩地请到了上席，上面披着一块陈年的红布（这或许是女人和孩子不能穿红衣服、戴红头巾的原因）。掌灯时分，男人开始在路边和家门口烧纸，路边的黄表纸是烧给孤魂野鬼的。敬完孤魂野鬼，一个由来已久的庄严仪式开始了。此时，家家户户的门槛石前面，早早地码好了一堆黄表纸，黄表纸的前面还要摆一张八仙桌，八仙桌上也早早地摆好了三碗饭、三双筷、三杯酒和三碗菜。一切准备就绪，一

清明、七月半、冬至、春节，这是四个非同寻常的日子，在外谋生的牌楼人，会在其中的某个日子，推开一扇扇紧锁的大门，踏进一座座杂草丛生的院子。

家之主恭恭敬敬地跪在地上，慢条斯理地烧纸，烧完纸之后还要磕头，磕头的顺序要按照辈分和年龄的大小，不能乱的。烧纸的时候，磕头的时候，四周寂无人声，抱在怀里的孩子，这时候往往都被哄睡了过去，或者就藏在房间里，不出来见人。七月半是唯一一个不放鞭炮的节日，老人们说，鞭炮太吵了，要是惊到各路亡灵，可怎么好啊？

夜幕降临之后，烟熏火燎的牌楼并没有立即安静下来，七月半的糯米粑粑，在祖宗们尝过之后，孩子们可以尽情享用。牌楼人笃信，孩子们吃掉祖宗吃过的糯米粑粑，就能得到祖宗的庇佑，不生病，不招灾，不惹祸。在牌楼，节日是世俗的重要组成部分，对于孩子们来说，所有的节日最终都归结到吃。

小时候，牌楼人丁兴旺，七月半热闹异常，除了要给亡灵烧纸、祭祀，主妇们还会做一顿丰盛的晚饭。所谓的丰盛，自然也因家庭而异，不过，再吝啬的主妇也会杀一只鸡，给孩子们解解馋，给农忙中的大人补补身体。再后来，村里的壮劳力都去了外地，但七月半之前，他们忽然就回来了，约好了似的。给孤魂野鬼烧纸，给先人烧纸，只要男人还在，女人和孩子就不能做这些事。这个习俗一直沿袭到今天——清明、七月半、冬至、春节，这是四个非同寻常的日子，在外谋生的牌楼人，会在其中的某个日子，推开一扇扇紧锁的大门，踏进一座座杂草丛生的院子。

今天的牌楼，只有老人们还在坚守。老人们既是在坚守故土，也是在坚守祖祖辈辈传下来的习俗。习俗是血脉里流淌的路标，乡音无改，习俗永在。在牌楼，习俗既关系着生，也关系着死。

不知死，焉知生？然而立春妈是个例外，她是既知死，也知生。那时候她还没有全瞎，七月半这天，她忽然撞到一个小人儿站在老井边上。她看得真真切切，只见那可怜兮兮的小人儿赤着脚，绞着手，眼泪汪汪的，仿佛刚刚和大人走散了，一时不知何去何从……立春妈胆子大，她一面数落小人儿不该独自乱跑，一面又把原委说给了正在喝酒的老伴。老伴将信将疑，想想正是七月半，于是放下酒杯，在老井旁边烧了三刀黄表纸。老伴烧纸时，立春妈又念叨起了那个可怜兮兮的小人儿，羊角辫、红头绳、塌鼻子，嘴唇下面还有一粒黄豆大小的朱砂痣……这一番念叨让老伴呆若木鸡，立春妈看到的小人儿，居然是老伴四十年前溺亡的亲妹子！四十年前的立春妈还蹒跚学步于云贵高原南部的某座大山里。由于语言上的双重障碍，嫁到牌楼的立春妈，基本上大门不出，二门不迈。当大伙下地干活时，空荡荡的牌楼荡起了立春妈的山歌。立春妈的山歌如泣如诉，如丝如缕，祖祖辈辈的牌楼人都没有听过。

这神奇的遭遇，让立春妈成了一个"过阴的"。"过阴的"是通灵的人，俗称巫婆，尊称仙姑。方圆数里，许多人不知道谁是公社书记，但都知道牌楼的立春妈是个神得不能再神的"过阴的"。

立春妈到底有多神？我并不知道，我记事时，她既老且瞎，已经不帮人"过阴"了。那一年我撞了地煞，高烧、惊悸，母亲也曾去求过立春妈，她推说自己有病在身，始终没有答应。许多年之后我才知道，她给自己定过规矩："只过阴，不治病。"

过阴，是假亡人之口劝未亡之人，说到底也是治病，治的是心病。

立春妈过世时，我已经离开了牌楼。听母亲说，立春妈过世前一个礼拜，滴水不沾，粒米未进。她整日卧在床上，录音机里循环播放着无人能懂的梵音。她在安详的梵音里安详地离开了人世，脸上浮着一丝神秘的笑容。根据她的遗愿，家人没有立碑，她是牌楼唯一一个有墓无碑的亡人。

立春妈过世之后，牌楼的一个时代结束了，方圆数里再无会"过阴"的人。大萍大婶学得一点皮毛，谁家的孩子夜里忽然发烧，不请自来的大萍大婶会在孩子的床头放一碗清水，清水里立三根筷子，如果筷子齐扎扎地立住了，大萍大婶便面露喜色。主人自然要问，大萍大婶却又讳莫如深。当然也有立不住的时候，大萍大婶便知难而退，原不想请医生的父母少不得又要连夜跑一趟破罡街。如今，大萍大婶年逾古稀，再不会主动上门，而头痛脑热的老人们也不愿意去请大萍大婶。老人们已经习惯了小病小痛，习惯了在小病小痛里慢慢耗尽自己的余生。空巢中的大萍大婶想来是寂寞的，她信了"主"，每个周日都要步行十几里，风雨无阻，到镇上的小教堂去做礼拜。大萍大婶晚年患有严重的糖尿病，但她不吃药，也不看医生。

我问过一次大萍大婶，人死之后是否真有魂？大萍大婶久久没有接话。我悻悻然，正要出门，她忽然又开口了："你问的是鬼啵？"

我急忙转身，大萍大婶的眉毛突然一拧："人若无情人是鬼，鬼若有情鬼亦人。"

石破天惊！我愣愣地看着大萍大婶。大萍大婶的眼里空荡荡的，像夕照下的荒凉的小村。

三

也是那一回，大萍大婶忽然敞开了心扉，破天荒地向我介绍了传说中的各种鬼。有兴趣的朋友不妨去翻翻《搜神记》。《搜神记》集我国古代神话传说之大成，篇幅短小，情节简单，极富浪漫主义色彩。

其实不光是中国，自古以来，世界各地就流传着和鬼有关的形形色色的传闻。最著名的鬼魂是英国国王亨利八世的妻子安妮塔，她被斩首而亡，有人说可以看到她的无头鬼魂在伦敦塔的走廊上游荡。伦敦塔最爱闹鬼，它是英国处决著名囚犯的地方。闹鬼的名气在欧洲不输伦敦塔的，还有法国卢瓦尔省的萨克城堡。这座法式城堡的闹鬼记录最早可以上溯至 15 世纪，人们在城堡外经常可以看到一个现在被称为"绿女"的幽灵，这个名字来自她经常被看到穿着绿色的衣服。传说她的外表极为惊悚，脸上，应该长眼睛和鼻子的地方都是大孔洞，每天早晨，她都在大声呻吟。除此之外，美国、加拿大、挪威、新加坡、韩国、日本……

都流传过鬼故事，各种各样的灵异事件更是层出不穷。其中，美国的田纳西案（俗称"贝尔女巫事件"）轰动一时。

四

究竟是谁第一个命名了"鬼"？在他的身上，究竟发生过怎样的魂飞魄散的事件？毫无疑问，他不仅是位神学家，还应该是一位足迹辽阔的布道者。第一个写出"鬼"这个汉字的人，也必然不是仓颉——作为轩辕黄帝的史官，仓颉很有可能只是一个汉字的整理者。"鬼"这个字，只能来自悲苦的民间。

是的，悲苦。大悲，大苦，这是"鬼"之所以为"鬼"的精神起源。因此，我相信"鬼"来自宗教。佛经中就详细记录了鬼的种类，人死后，六道轮回，其中一道便是"饿鬼"（六道：天道、人道、畜生道、阿修罗道、饿鬼道、地狱道）。民间流传的各种鬼，其源头，很可能就是一批批田间地头的布道者。

鬼神说，其实是民间一种变异的迷信，是化了妆的祝福，是苦难者的呻吟与哀鸣。《阅微草堂笔记》里的乡野怪谈、《聊斋志异》里的鬼狐花妖，一方面饱含底层民众的血泪控诉，另一方面又寄托着底层民众对美好生活的不懈追求。或许也正因此，愈是苦寒之地，愈多人敬仰天地神明，也愈多人相信天堂与地狱，相信前世与报应。

《奥义书》说，人死后，身体回归地，汗毛回归草，头发回

180

归树，血液和精液回归水，言语回归火，眼睛回归太阳，思想回归月亮，耳朵回归方位，气息回归风。这自然是对死亡的最哲学的解释，然而，当此时，这具寂灭的身体究竟在哪里，他是无所不在的"不在"，还是无所不在的"在"呢？我不明白其中的奥义。

《说文解字》又说："鬼，人所归为鬼。"人从有回到无就是鬼。无论是有还是无，故事仅仅是故事，说说而已，当不得真的。

大地深处的废墟

治国死了。我大吃一惊，愣愣地看着父亲，父亲面容哀戚，久久没有出声。我急忙转移话题，父亲年事已高，任何一个老人的死亡，都会触痛他那根敏感的神经。在小村牌楼，比父亲年长的老人已经没有了，他清醒地知道，黑夜一样幽深的死亡，随时有可能逼近自己。

治国比父亲小两岁，去年患上胃癌，一年时间不到，就离开了人世。今年正月，我还见过一次治国，捧着一杯茶，坐在屋后的石头上晒太阳。他的头发全白了，视力还很好，见到我，似乎想笑，却没有笑出来。我给他敬烟，他没有拒绝，一张黝黑的脸，很快就蒸腾在一团烟雾里。治国一直抽烟，"红三环"，三块五一包，从中年抽到老年。牌楼人平时都抽"红三环"，只

182

有到了逢年过节，才舍得买一包好烟。我原以为病中的治国会清心寡欲，至少应该戒酒或者戒烟，但他什么也没有戒，仿佛并不惧怕那黑夜一样幽深的死亡，仿佛他早就厌倦了这不堪的人世。

治国有两个儿子，大儿子做了人家的上门女婿，在一江之隔的乌沙镇，"倒插门"。早些年，大儿子还给娘老子打打电话，时间久了，终于适应了寄人篱下的生活，一双儿女都随了母姓。治国想见见自己的孙子，许多年了，儿子和孙子都没有回来过，每回都说有事，每回都说忙。渐渐地，竟连电话也没有了。治国的老伴走得匆忙，弥留之际，眼睛圆溜溜地睁着，悬着一口揪心的长气，手在空中乱抓。治国知道老伴的心思，但他始终一言不发，懂事的小儿子站在母亲的床边，给哥哥打了个电话，让他尽快回来看一眼老娘……当天晚上，大儿子终于独自回来了，他给死去的老娘磕了三个响头，丢给弟弟一千块钱，第二天一早，又悄悄地回了乌沙。羞愤难当的治国伤心欲绝，在村民们的谴责声里，治国终于和大儿子划清了界限，他不允许大儿子的名字刻上老伴的石碑，还给小儿子郑重其事地立下一道口头遗嘱，将来，他的石碑上，也不允许出现"那个狗崽子"。治国的决绝，慢慢消弭了村民们的谴责，在大家看来，大儿子确实有些过分。但儿子毕竟是儿子，娘老子的石碑上，绝不能不刻儿子的名字。然而，治国决心已定，大家也找不出合适的理由干预别人的家事。当然，最主要的原因还在于，治国的决定恰到好处地护住了牌楼人的伦理底线，如果治国不这么做，村民们不光会谴责大儿子，甚至会在背后谴责治国。治国是个明白人，大儿子听不见大家的谴责，他却不能装聋作哑，他还要在牌楼度过寒凉的余生。

治国的小儿子是我小学同学，叫仲谋，这个名字是他爷爷的杰作。仲谋的爷爷是个走南闯北的鼓书艺人，走到牌楼，忽然不走了。不久之后，年轻的鼓书艺人就娶到了牌楼的第一号美女，不久之后就有了治国，从此在牌楼扎了根，成了牌楼唯一的外来户。在父亲的潜移默化下，治国也会说一些改头换面的大鼓书，最得真传的，应该是《三国》。那时候，我和仲谋都在念小学，农闲或腊月里，治国会在我家门前的稻场上架一面年纪不详的大鼓，义务为大家说书——那是牌楼的节日，每个人都欢天喜地，笑逐颜开，一季的辛劳，在绘声绘色的大鼓书里，渐渐烟消云散——咚咚锵，咚咚锵，不是《三顾茅庐》就是《草船借箭》；咚咚锵，咚咚锵，不是《草船借箭》就是《三顾茅庐》。治国最敬仰的三国人物，并不是其父敬仰的孙仲谋，而是刘皇叔。在治国的鼓书里，曹孟德是个乱世枭雄，而孙仲谋过于优柔寡断，只有刘皇叔是个仁义之君，他礼贤下士，百折不挠，忠心耿耿于汉室老祖宗……治国的这番评述一度左右了我对曹操、孙权和刘备这三个历史人物的性格判断。成年之后我渐渐明白，口传心授的大鼓书往往都是片面的，烙上了鼓书艺人强烈的个人好恶，难免失于公正与客观。仲谋的爷爷走得早，老人的形象，在我的记忆里一片模糊。草席裹尸的老人大约没有料到，他寄予厚望的小孙子，日后居然谋到了一个专门和死人打交道的饭碗。

"三岁看大，八岁看老。"在牌楼人眼里，仲谋绝顶聪明，只可惜治国财迷心窍，最后误了仲谋。说来你可能不信，从小学五年级开始，仲谋就是麻将场上的"常胜将军"，方圆数里赫赫有名的小赌棍。治国几乎不会打牌，逢打必输，为了换换手气，治国经常让仲谋帮他洗牌和码牌。渐渐地，仲谋终于不满足于简单而无技术含量的洗牌和码牌了。他人五人六地蹲在椅子上，有模有样地抓牌和出牌，治国提心吊胆地站在儿子后面，直到儿子居然自摸了，才欣喜若狂地回过神来。三个麻友觉得稀奇，居然陪着仲谋打完了三圈，结果他们三个人都输了，仲谋不仅为治国扳了本，还赢了一大把现金。愈战愈勇！仲谋成了远近闻名的"神童"。

仲谋从此开始了自己的麻将生涯，学习倒成了可有可无的副业。治国每次都跟着仲谋，他从不上场，只负责帮儿子算账、收钱和付钱。没有人统计过，那几年，仲谋究竟赢了多少钱。仲谋一学期究竟上了几天课，大约治国自己也没有统计过。但治国对仲谋的宠爱有目共睹，在牌楼的同龄人中间，仲谋第一个穿白色的"回力鞋"，第一个戴手表，第一个骑自行车……仲谋享受着非同寻常的待遇，只有一样，治国从来不肯迁就于仲谋，那就是大鼓书。仲谋博闻强记，很小就记住了《三国》里的许多故事，但治国始终不肯教他打鼓。治国不想让儿子走爷爷的老路，但儿子究竟应该走哪一条路，治国似乎从来没有想过。时间久了，仲谋终于给耽误了下来，方圆数里，没有人再愿意陪仲谋父子俩打牌。仲谋天生异禀，他无师自通地掌握了麻将场上所有的技巧，更令那些赌徒叹服的是，出过三张牌之后，其他三家手里还剩哪些牌，仲谋总能猜出个大概；出过五张牌之后，对家手里还剩哪些牌，仲谋几乎一清二楚。这样的高手，谁还敢陪他打牌呢？除非是傻子。

年纪轻轻却已经失业的仲谋，成了小村牌楼为数不多的闲人。我上高中的时候，仲谋开始闯荡江湖，在牌楼人的谈资里，他先后贩卖过福建荔枝、烟台苹果，在工地上拎过泥桶、看过大门，最离谱的一次，是在医院里做看护，长期服侍一个寡居的中年妇女……百炼成钢的仲谋最终铩羽而归，他浸淫在昔年的风光里难以自拔，每一件事都半途而废，每一件事都不能给他想要的工资。经过治国多番奔走，仲谋终于在牌楼结婚生子，治国用一生的积蓄，为仲谋盖了三大间土坯和石头垒出来的房子。那时候我已经大学毕业，每次回牌楼，仲谋总是冷冷的，很少主动找我说话，也很少在我面前抽烟。仲谋，其实是抽烟的。

2000 年之后，具体时间我已经记不确切了，仲谋忽然举家迁到了会宫。会宫是个大镇，交通便利，木材资源丰富。仲谋于是在会宫街上租了间门面，专门经营棺材生意。在街坊们看来，棺材生意太阴暗了，也瘆人，然而老成的仲谋却认准了这一行。棺材关系死者一生的荣耀，随着外出务工的队伍不断壮大，大伙的腰包终于鼓了起来，那些要体面的儿女，愿意在丧事上一掷千金，夺人眼球，借以显示自己的孝道。仲谋稳稳地抓住了这个商机，生意做到第三年，他在镇上买了一套商品房，一家四口，从此离开了牌楼。

仲谋离开小村牌楼之后，同哥哥一样决绝，再也没有回来过，三大间荒凉的老屋，留给了同样荒凉的治国。会宫离牌楼其实不过四十分钟车程，但常年独居的治国，竟然一直没有去过。其实是去过的，父亲告诉我说，治国确诊胃癌那天，坐车去了会宫，但他没有仲谋的电话，也没有找到仲谋的门面。父亲没有儿子的电话，我很长时间难以相信这一点，但我年迈的父亲，不会无端编织这样的谎言。

荒凉的治国，死于一个平常的初夏之夜，他去了没有病痛的天国，两个儿子，都不在身边。

二

我没有细问治国的丧事，事实上，治国的丧事已经不难猜测。治国不是牌楼最长寿的老人，而他的两个儿子，也不会在意父亲身后的哀荣。丧事，从来就是做给活人看的。从某种意义上说，治国一旦去世，他们和牌楼的联系也就断了。

仲谋兄弟俩，还不是第一批抛弃牌楼的人。在并不久远的一段时光里，牌楼慢慢空了，比我年轻的一代人全都远走他乡，或外出打工，或考上了大学，从此在别人的城市里打拼。父亲和我细数过，自2000年以来，从牌楼走出去的年轻人，至少不低于八十个，许多人说走就走了，屋上常年挂着锁。留守在家的，都是老人和妇女，连学龄儿童都很少。在前赴后继的抛弃里，牌楼不仅已经空空荡荡，而且已经断代了。一座断代的村庄，其实已经迈进了老年，即将沦为大地深处的废墟，走向最后的消亡。我无法想象一座村庄，会在乡土中国的古老大地上慢慢消亡，虽然我清楚地知道，一座村庄的消亡，只是时间上的早晚而已。

牌楼消亡了，故乡在哪里？有朝一日，我将是一个没有故乡的浮萍一样的游子。这一天离我越来越近，母亲过世之后，父亲也在孤孤单单中日渐衰老。最近一两年，父亲频繁地迁徙在合肥和牌楼之间——在牌楼，他记惦着合肥的儿女；在合肥，他又惦记着牌楼。除了一栋破败的老房子，牌楼其实已经没什么可惦记的了，但父亲放心不下，他担心老屋会在风雨中坍塌，担心门前屋后的那些香樟树会被人偷偷地砍走……父亲希望我们能够修缮一下老屋，甚至不止一次动员二哥，劝他重回牌楼。对于一个风烛残年的老人来说，宽慰无济于事，而父亲也不能够懂得，我们一旦跻身于城市，就再也无法回头，即便是漂在合肥的二哥。

二哥是牌楼最后一个抛弃土地的年轻人。那时候，二哥的同龄人（生于 20 世纪 60 年代中叶）早就撂下了锄头，在别人的城市里求生存，在外面的世界里讨生活。他们是牌楼输出的第一批劳务大军，多年之后仍有示范效应。那是 20 世纪 90 年代初，他们身无长物，只能在工地上打零工，抬沙包，扛水泥，也有些人开始打游击，在小区门口贩菜，在学校门口贩水果，

在一幢幢楼房拔地而起的同时，肥沃的良田大片荒芜，古旧的农家院落里，也很难再看到中国特色的鸡鸭鹅猪，连牯牛都从平畴上消失了，斑驳的犁铧，扔在柴屋深处。行进在文明和没落之间，我的小村仿佛改朝换代了！

在人来人往的集市上贩桂圆。他们是廉价劳动力，在为城市添砖加瓦的同时，也改变着自己的生活质量和生活方式。只要肯吃亏，年收入还是很可观的。"比种田，强十倍都不止……"第一个向我夸海口的，是朱图强。图强是牌楼第二批外出谋生的人，他没有做过一季农活，初中毕业之后，义无反顾地奔赴遍地黄金的江湖。现如今，图强专门贩运山东水果，年收入三十万元左右。不惑之年的图强注册了一家自己的公司，手下雇了十几名工人，前景一片光明。图强常年在外打拼，聚少离多，夫妻感情终于出了问题。在一番精疲力竭的离婚大战之后，图强在山东落了户，牌楼那幢空旷的楼房，常年挂着一把锁，周遭葳蕤的杂草，没过头顶。

在牌楼，图强的经历并非个案，每一个成功者背后，都潜伏着一段无法言说的伤痛，丈夫在外嫖宿，妻子红杏出墙。长期两地分居的生活，导致一个个家庭名存实亡，更有一些久旷的怨妇，将一腔怒火发泄在老人和孩子们身上。牌楼由此酿下一起起悲剧，少年离家出走，去向不明；老人久病沉疴，饥寒交迫，无声无息地死在床上。

前赴后继的逃离中，牌楼在沦陷。在一幢幢楼房拔地而起的同时，肥沃的良田大片荒芜，古旧的农家院落里，也很难再看到鸡鸭鹅猪，连牯牛都从平畴上消失了，斑驳的犁铧扔在柴屋深处。行进在文明和没落之间，我的小村仿佛改朝换代了！一直在田里讨生活的二哥，默默见证着牌楼的巨变，他终于意识到，坚守，显然不是明智的选择。更令二哥忧心的是，侄儿慢慢大了，而乡村学校师资力量薄弱，当年教我们的那一批老师，依旧拿着戒尺站在讲台上——他们心有余而力不足，只能凭自己的良心，授予孩子们最基本的技能和常识。在毕业往往也意味着失业的当下，寒门学子是最无辜的群体之一，即便他们和城里的学生一样赢得了高考，但在"就业"这个更为残酷的人生考场上，他们依旧处于劣势。从某种程度上说，在乡土中国，这个庞大的大学生群体，已经沦为新形势下的新型农民工，只不过，他们掌握着更多的知识和技能。这是一个永不回头的群体，他们一旦挣扎出小村，就再也不会回来了，农家子弟吃苦耐劳的品质，成为他们扎根城市的资本。

别无选择。我们都鼓励二哥下定决心，甚至不负责任地鼓动说，在合肥，哪怕是摆个小摊子，也能解决几口人的温饱问题……二哥于是丢下几口人的田地，浮萍一样，浮游在满目苍凉的城市里。我们虽然也给过二哥力所能及的帮助，但一家几口人的生活，侄儿高昂的借读费，以及水涨船高的房租和物价，依旧压得二哥喘不过气来。然而开弓没有回头箭，一旦迈出了小村，再回去就难了，侄儿的学业不可能中断，二哥也很难丢弃好不容易才谋到手的饭碗。更主要的原因可能还在于，毕竟吃上了干净的自来水，卧室里装了空调，用上了电冰箱和洗衣机，而这一切，在牌楼，短期内显然无法实现。物质生活的巨大改善，成为二哥负重前行的动力之一，他像一只在城市里爬行的蜗牛，日出而作，日落而息。我相信，二哥六十岁之前不可能再回牌楼了，回牌楼，肯定是在无法继续负重的六十岁之后。

二哥一家四口，租住在合肥一处规模庞大的城中村。村里，密密麻麻地挤着大大小小的出租屋，通道高低起伏，像一条盘根错节的蟒蛇，最窄处只有一米宽，雨天积水严重，行人的脚上挂满黄泥。租客大多是农民工，也有一些刚出校门的大学生和某些特殊职业者。租在二哥家隔壁的，是当涂县的一对小夫妻，一结婚就出来了。丈夫小曾，做装潢，单干，事实上就是打零工，收入也不固定，尤其是夏天，往往一周也接不了一单生意。妻子小蔡，在一家工地上烧饭，一日三餐，收入比丈夫固定，按时上下班。我见过小蔡几次，她很喜欢水红色，每次都穿这种颜色的上衣，眼色撩人，直勾勾的，像一只直立行走的狐狸。我有些警觉。二哥长得标致，人又实诚，我担心她直勾勾的眼神，会勾走二哥的魂魄。"有一句讲一句，她人倒不坏，"二嫂说，"别看她那个风尘样子……"小蔡向工头举荐过二嫂，工头同意了，但二嫂手脚不方便，只干了短暂的一段时间。

看上去，小曾是个老实人，话很少，烟瘾大。盛夏的某天，我看见他蹲在太湖路上，光着上半身，路牙上摆着一块木头做的牌子，上面用粉笔写着"漆工"两个字。

据说他们经常吵架，小曾砸坏过好几台电视机。但恩爱起来又令人妒忌，夜深人静的时候，小蔡时常酣畅淋漓地大叫，半座城中村，次第醒来。

三

"暮春三月，江南草长。杂花生树，群莺乱飞。"这十六个字，曾经浓缩了我对牌楼的全部记忆。如今二十年过去，牌楼已是一座空荡荡的村庄，一个再也回不去的凋敝的故乡。那些看着我长大的老人，一个接一个走失于时光深处；儿时的小伙伴，也一个接一个地离开了村庄。都说"吾心安处是故乡"，面对千疮百孔、面目全非的牌楼，我已经不能心安。

2012年清明，我带儿子回家给母亲上坟。儿子只有五岁，五岁前，他去过三次牌楼，最长的一次，也只住了六天。回家的路上儿子反复问我："老爸，老爸，我们这是去哪？"我耐心地向他解释："我们要去的是爸爸的故乡，爸爸出生在那个地方……"然而，儿子不懂什么叫"故乡"，终于弄明白了之后，他一本正经地说："老爸，我的故乡在合肥，对吧？"我哭笑不得，也不知道该怎么回答。他出生时，我毫不犹豫地将他的籍贯确定为"安徽枞阳"，我不知道这种"确定"究竟还有没有意义。"安徽枞阳"这四个普普通通的汉字，对于已经学习和生活在城里的侄儿和侄女们来说，或许也仅仅只能标明他们的籍贯。然而，"故乡"和"籍贯"是两个截然不同的人文概念，五岁的儿子无法懂得，而侄儿侄女们，显然也难以真正理解。他们是一群彻底失去故乡的人，沿袭了故乡的血脉，而那个陌生而荒凉的故乡，他们既没有留下儿时的体温，也没有留下故土难离的情感。父辈温暖的故乡，只能成为一代人的冰冷籍贯。

其实，我们也是一群没有根的人，失去了故乡，在城市里浮游。我一次次生出逃离的愿望，像他们逃离村庄一样逃离城市，然而，他们有路可逃，我却无路可走。一个失去故乡的人，事实上就已失去了退路。母亲去世之后，这种感觉愈发强烈，面对喧嚣而冰冷的都市，我实在不知道自己还能坚持多久。

　　走出小村的伙伴们，你们还好吗？如果看到这篇文字，希望你们能抽空给我打个电话，如果你们愿意，我想和你们聊一聊儿时那些顽劣的往事，聊一聊从往事里悄然消失的故乡。那个故乡如今漂泊在我的梦里——人丁兴旺，富贵祥和，香喷喷的炊烟缠绕在晚霞如火的树冠上……

近乡情更怯

　　天宝来了，父亲说；我哼了一声。父亲又说，给你带了一只鸡；我又哼了一声。电话那头的父亲沉默了片刻，希望我再说些什么，但我什么也没有说。父亲的沉默，我懂，父亲也懂得我的沉默。

　　我明白天宝的来意。天宝是堂哥的儿子，他在民办高职学会计，刚刚毕业，带来那只长途跋涉的鸡，是请我帮他找工作的。我怀疑这是父亲的主意，在父亲看来，送任何东西都不如送一只鸡，我也不会接受比鸡更值钱的东西。堂哥是个老实人，黑而且瘦，因为长期抽烟，喉咙里始终呼啸着一口痰。堂哥说："老爷（咳、咳）……你要找一个能坐办公室的事。"又说："我就这么一个儿子，（咳、咳）你知道的（咳、咳、咳）……"我默默地抽烟，偶尔看一眼堂哥咳得通红的脸。一阵剧烈的咳嗽之后，知天命的堂哥显得比父亲还要苍老，他在等着我的回答，脸上漾着乡下人常见的那种卑微的微笑。白白净净的天宝靠在门框上抽烟，嘴角含着胜券在握的微笑。他的胜利遥不可及，堂哥高估了我的办事能力。在这个物欲横流的二线城市，我无法帮一个高职学历的会计找到一间属于他的办公室，对于一个刚出校门的高职学历的会计来说，也没有一间办公室虚位以待。然而，这些话我说不出口，我一旦出口，等着我的，将是堂哥更为剧烈的咳嗽。我不忍再听堂哥的咳嗽，再这么咳下去，堂哥会把自己的肺咳出来的。

最终我还是答应了堂哥，除了答应，我不知道还能说什么。堂哥满意地走了，他把天宝留了下来，仿佛只要我打一个电话，天宝立即就可以上班。我苦不堪言，一周过去了，我举棋不定，一个电话也没有打。我不知道应该给谁打电话，结果显而易见，我又何必自讨没趣呢？

算起来，堂哥是第六个找我办事的乡下亲戚，这还不包括那些八竿子打不着边的同宗、远亲，以及想方设法、拐弯抹角找上门来的乡亲。他们托我办的，只有两件事，一是找工作，二是上大学。乡亲们也知道一些"潜规则"，他们反复说，需要花钱，你尽管说……乡亲们不知道，没钱确实办不成事，但有些事，再多的钱也未必办得了。大前年，祥华的女儿只考了三百分，连省内高职院校的最低录取分数线都没有达到。祥华说："需要多少钱，你尽管开口，但一定要正规的大学。"祥华是看着我长大的，照说这个忙我应该帮，但这个忙，我确实帮不了。财大气粗的祥华于是接连说了三个"够不够"，最后一次报给我的，是六位数。"我不相信十万块钱还搞不定一所学校……"祥华有些生气。事实上，我一拒绝他就生气了。在乡亲们面前，我似乎不能拒绝，也不该拒绝，我一拒绝，他们就有了足够的生气的理由。可不拒绝我又能怎么办呢？在乡亲们眼里，工作等于一间风吹不着雨淋不到的冬暖夏凉的办公室，等于每个月的工资不少于四位数，等于一个城市户口，如果眼光再放远一点，还等于一个城里的媳妇或女婿……在这个城市，我已经混了十五年，这十五年，我确实积累了一些人脉关系，但我的人脉关系还办不了乡亲们要办的大事，这些大事已经超出了我的人脉关系。在我用十五年时间积累起来的关系网里，有商人、自由职业者、新闻工作者、编辑、作家、公务员、企事业单位工作人员……唯独没有乡亲们需要的那种关系。我也搞不来乡亲们需要的那种关系。事实上，我也有"关系们"的电话号码，但我从来没有打过一个电话，对我个人来说，"关系"只是一组组冰冷的数字，和世俗生活毫无关系。

为了这些乱七八糟的事，我没少挨父亲的责骂。父亲说："山不转水转，你不找人家，事情怎么能办成？"父亲骂："打断骨头连着筋，别忘了你也是乡下人……"如此等等。在亲戚们看来，我是一个忘恩负义的人，不愿意为他们去办这些事情。背后的责难不难想象，爱面子的父亲，不愿意儿子背负这样的骂名。父亲其实是知道的，短短几年城市生活，他已经体察到了城市的冰冷和无情。几棵小白菜就要一块钱，少一毛钱都不行。在牌楼，小白菜遍地都是，谁要吃谁自己去挖，甚至不需要告诉主人。牌楼剩下的，净是些妇女、病残者、老人和学龄儿童，地里的菜蔬和稼禾，家里的钱财和物件，没有人担心。担心是多余的，岁月都老了，小村没有来过一个陌生人。牌楼似乎被世界给忘了，同时被遗忘的，还有一批黯然离世的老人。乡亲们享受着这样的被遗忘，被遗忘仿佛是一个安宁的梦。直到儿女居然也考上了大学，他们才猛然惊醒。哦！祖坟冒烟了，祖坟冒烟的人家于是又做起了另外的梦。

另外一个梦里冬暖夏凉，另外一个梦里衣锦还乡。乡亲们不知道，梦想其实是代价的同义词，梦想和代价通常是一个意思。祥华说，大学不都在扩招吗？他只知道大学在扩招，却不知道潜伏在扩招背后的深重危机——扩招确实使更多的学生迈进了大学，但也使得失业大军不断在扩容。天宝是大学扩招的受益者，也是受害者。这个料峭的春天，我看见一大批"天宝"挤在人才市场的过道里，表情茫然，不知所措，在几场招聘会之间来回奔波，连一个机会也不愿意放过。和"天宝"们抢饭碗的，是"80后""90后"农民工，他们掌握着更多的技能，知道待价而沽，适者生存，知道从"珠三角"转战"长三角"，甚至一些正在崛起的中部省份。"用工荒"，准确的说法应该是"技工荒"，正是这批新生代农民工创造的杰作。而"天宝"们却不懂得这些，他们迈出校门就指点江山，广阔天地，大有作为。广阔天地，要是没有他们投身其中，还不知道会变成什么样子。

十五年前，我和"天宝"们没有任何区别，我比他们幸运的是，十五年前，合肥有很多机会可供选择，我不过发表了几首小诗，就顺利地进了一家新闻单位。然而即便如此，理想与现实之间的巨大反差，依然让我生出大把的挫败感。康·帕乌斯托夫斯基说："理想中有胜于现实的地方，现实中也有胜于理想的地方。唯有把这两者融为一体才能获得完美的幸福。"经年之后，当我读到这句话时，已经释然了，一切都是往事，现实原本如此，人生原本如此。然而对于"天宝"们来说，现实的酷烈和无情，才刚刚开始。在高等教育还没有完全和市场需求接轨的今天，他们接受的教育注定是失败的，这些从乡下考出来的孩子，他们对市场需求一无所知。

这不是教育的悲剧，而是孩子们的悲剧，或者说，是乡村的新一轮悲剧。

半个月之后，堂哥按捺不住了。按捺不住的堂哥开始隔三岔五地给我打电话，有几次，打电话时差不多已是午夜。天宝的工作成了堂哥的心病，我一天不落实，堂哥就要多失眠一夜。堂哥没把我当外人，电话里说得非常直接："你不要不当事（咳、咳、咳），你就把天宝当成你自己的儿子（咳、咳、咳、咳）……"堂哥咳嗽的时间过于漫长，约等于我们之间那条漫长的电话线。堂哥的咳嗽，让我心如刀割。我只好一次次推脱说"正在办""快了""还在等消息""你不要急"……好在堂哥看不见我的表情，每一次，我握电话的手都在颤抖。每一次，我都想扇自己几个耳光。

谎言总有被戳穿的一天，即便是善意的谎言。大约二十天之后，我接到堂哥打来的最后一个电话，电话里的堂哥异常寒凉，也异常平静，和风细雨的，竟然没有骂。那次短暂的通话，堂哥居然没有咳嗽，他其实是咳嗽的，一直咳嗽。后来很长一段时间，我一直想给堂哥打一个解释的电话，我希望他能骂我几句，咳嗽几声，像往常一样。但我始终没有足够的勇气，最后，也就放下了。在天宝这件事上，我确实做错了——至少我应该给天宝指一条路，而不是含糊其词地拖延，不负责任地敷衍！那时候，天宝只需要一条路，"天宝"们只需要一条路。

天宝后来学了裁缝，这是一门很少有人愿意去学的手艺。天宝是一块做裁缝的好材料，出师之后，一年忙到头，风生水起。这对年迈的堂哥来说是个巨大的安慰，天宝虽然没能实现鲤鱼跳龙门的美梦，反倒"浪费了三年零五个月的光阴"，但他终究成材，算是争气的。天宝的现状大大消解了我对堂哥的愧意，在庸常的城市生活里，我仿佛成了一个和城市一样冷血的人，很容易原谅自己。

另外一些人不知所终，我一旦拒绝，乡亲们便杳无音信。在牌楼，父亲几乎抬不起头来，那个"德高望重""教子有方"的四爷不见了，取而代之的是一个风烛残年、教子无方的老人。毫无疑问，这是我给晚年的父亲留下的最大的罪孽，我努力过，但我力不从心。父亲是希望我能办事的，他热衷于传播我获得的各种荣誉。那些乡亲从来没有听说过的荣誉，编织成一个个巨大的光环，持久地罩在父亲的头上。然而，当光环悉数散尽，父亲忽然老了，哑了，他终于知道，自己引以为傲的儿子，只是个作家，一个只会写字的作家。

父亲试图替我向乡亲们解释，但他的解释，乡亲们根本就不信。他们在电话里冷笑，和父亲打哈哈，仿佛我们父子俩已经预谋好了，他们心知肚明。我告诉父亲，解释是多余的，没有任何作用。几次自取其辱之后，父亲终于死了这条心。他不再轻易告诉其他人我的电话号码，几个关键的月份，甚至不上街、不串门。父亲是真的怕了，担心惹祸上身。父亲的担心不是多余的，对于门路有限的乡亲们来说，唯一的指望常常被无限放大。当那些被无限放大的指望一一瓦解之后，我终究要背负种种不堪的骂名。

早春时节我回了一趟老家，年久失修的老屋已经坍塌，比父亲更像一个日薄西山的老人。不断有人和我打招呼，发烟，第一个说我老了，第二个说我胖了，第三个只是看着我笑，接着便和我聊起了最近的天气……他们的闲聊愈是不着边际，我愈是手足无措，急于逃离。我诧异了，置身牌楼——生我养我的小村，我竟成了一个熟悉的陌生人。

上车时，我强忍着，没有回头。父亲站在村口，孤零零的，像一个被母亲遗弃的孩子，热泪横流。

塌陷的胸腔

没有人知道结果会怎样，因为我们未曾有过这样的经历。

——蕾切尔·卡逊

一

　　堂哥病了，肺癌。癌细胞侵入脑部，手术无法切除，医生建议保守治疗。保守治疗的结果无法预估，天宝在电话那头一直哭，他接受不了这个突如其来的事实。我违心地安慰天宝：生老病死，这是谁也无法抗拒的自然规律……这话太轻也太苍白了，堂哥劳苦了一辈子，刚刚含饴弄孙，无情的病魔突然来袭，留给他的日子，不多了。

　　天宝没有告诉堂哥真实的病情，作为堂哥唯一的儿子，天宝将父亲带到了合肥。"有病就得治啊,"天宝说,"合肥的医生,或许还有法子……"我叹了口气,肺癌患者的存活率实在太低,更何况,癌细胞已经扩散,再高明的医生,恐怕也无力回天了。堂哥躺在病床上,满头华发,笑盈盈地握着我的手,仿佛只是偶感风寒。堂哥最明显的症状就是感冒,一直好不了,先是到枞阳县医院,然后又到安庆市医院,最终确诊为肺癌晚期。奇怪的是,堂哥始终没有感觉到明显的病痛,即便四处求医问药,他也像往常一样在田地里忙活,只是劳碌的间歇,偶尔会袭来一阵阵胸闷。病床上的堂哥有说有笑的,根本不像一个肺癌患者,甚至不像一个病人!堂哥的表现让我非常意外,我甚至怀疑,这是一次离谱的误诊。当天下午,我辗转找到一位熟悉的医生。"唉,肺癌是一定的,也没有了手术的可能。"他同样建议保守治疗,"在没有明显病痛的情况下,某些特殊体质者可以与癌共存——当然,这是小概率事件,但也并非没有可能。"我将医生的建议转告给天宝,天宝被堂哥的表现迷惑住了,在他看来,父亲既然没有特别的感觉,就应该乘胜追击,尽快治疗。

　　天宝最终选择化疗。生死关头,医生更愿意尊重家属的选择,家属一旦自主选择,就意味着同时承担了风险。一个疗程之后,堂哥的病情急转直下,脱发、恶心、虚汗、咳嗽,胸部隐隐作痛,夜里睡不安稳……这时候的堂哥,终于成了一个典型的肺癌病人。医生向天宝解释说,病人的营养跟不上,先出院,十天之后再进行第二个疗程。将信将疑的天宝只好办理了出院手续,结果,六天之后堂哥忽然极度不适,不得不提前住院。这一次，检查结果令人揪心，癌细胞全面扩散，胸腔积水，继续化疗已经没有意义了。堂哥此时已经无法进食，间歇性地发烧，浑身乏力，双腿浮肿。前后二十天，判若两人，他太虚弱了，几乎说不出一句完整的话来。在一阵接一阵剧烈的咳嗽里，堂哥双目紧闭，缓缓地挥了挥手，示意我们离开。

天宝，这个而立之年的乡下汉子，终于后悔起当初的决定。然而，这确实是一个两难的选择，没有人敢和疾病打赌，更何况，博弈的另一方，是致命的癌症。在医院走廊里的吸烟区，我陪天宝抽了两支烟，他尽力了，也做好了心理准备。他给乡下的姐姐打了两次电话，再三叮嘱说，父亲的后事，一定要办得体面一些。

体面的后事，其实是办给活人看的。天宝向姐姐详细交代了一切，包括棺木、老衣、道士、祭文和坟地。我想象着那些生离死别的场景，忽然间，流下了一行行热泪。

从病发到去世，前后不到三个月。2013 年一个春天的早晨，心有不甘的堂哥含恨离世，享年六十七岁。天国里没有病痛——劳碌一世的堂哥，终于安息了！

二

肺癌，常常和抽烟联系在一起。然而，堂哥戒烟五年了，他很少喝酒，也没有其他恶习，怎么就得了肺癌呢？这些年，在我的乡下，许多人患上了癌症，肺癌、食道癌、胃癌和肝癌是最常见的四种；其次是白血病，患者主要是少年儿童。还有一些癌症，我甚至没有听说过，它们来势凶猛，前后不过几个月，就夺走了一条鲜活的生命。日子久了，我惊讶地发现——左右隔壁的村子，只要谁病了，十有八九都是癌，十有八九都错过了最佳的治疗时机。尤其是最近三四年，牌楼先后有多位患者死于各种癌症，他们想方设法地求医，最终人财两空。

而在 2000 年以前，牌楼没有一个癌症病人，老人大多寿终正寝，也没有孩子患上白血病。比如我爷爷，享年八十三岁，一生没有吃过一粒药。齐大爷八十高龄，日出而作，日落而息，大冬天的，赤着脚，下塘挖藕；还有曾二爷，活了七十九岁，临死前一天，还在地里犁田……如今，落后的乡村，忽然患上了"城市病"。

东成和我同宗、同辈，我一直喊他大哥。东成大哥退休之后回到牌楼，和老妻种着几亩薄田，优哉游哉，享受着安详的晚年生活。谁能想到呢？2011 年秋，身强体壮的东成大哥突然病倒了，到安庆一检查，居然同时患上了食道癌、胃癌和肠癌，好在都是早期，还没有转移，那场十个小时的大手术也异常顺利。在和疾病的抗争中，东成大哥是小村牌楼为数不多的胜利者之一。如今，两年过去了，他还好好的——戒了烟，也戒了酒，依旧在田间地头东奔西走。这段死里逃生的经历，严重篡改了东成大哥的心性，那么暴烈那么吝啬的东成，现在既舍得吃，也舍得穿，呼唤老妻，居然也不再吆五喝六了，而是一副笑容可掬的样子，眉眼间泛着一股小淘气……然而，幸运如东成者毕竟只是极少数。治国死于胃癌，享年七十四岁。治国两个儿子都不在牌楼，大儿子在一江之隔的乌沙镇，我二十年没有见过了；小儿子定居会宫，离牌楼不过四十分钟车程，然而，即便逢年过节，他也很少回家看看老父亲。孤苦的治国守着一栋空房子，一天只吃两顿。胃癌确诊之后，治国没有继续求医，依旧抽烟、喝酒，一直到死。还有贤文，在和食道癌搏斗了两年多之后，六十四岁的贤文突然离世。第一天下午，贤文还打了场小麻将，有说有笑的，没有一丝异样。当天下午，贤文照例输液，三瓶水输下去，人就不行了，吐血，据说是输液速度过快，导致血管破裂……我怀疑这种说法，在乡下，输青霉素很少做皮试，"赤脚医生"只负责挂上瓶子，剩下的事情都交给家属处理。1997年，六十一岁的五叔自己拔掉了针管，在端午前夕的雨夜里猝死。2013年，村支书输液后严重不适，浑身发紫，在 ICU 里抢救了三天……

贤文家境殷实，但再殷实的家境，也填不满那个"无底洞"。四处求医的贤文最终选择在铜陵治病。牌楼在江北，铜陵在江南，每次去铜陵，贤文至少要住院十天，做完一个疗程。两年多熬下来，家底很快就被掏空了，债台高筑，一贫如洗。

在乡下，许多癌症患者都过着拿钱买命的日子，许多原本很殷实的家庭，又在病痛中归于贫困。也有一部分患者莫名其妙地死了，经济负担只是一个方面，更重要的原因可能还在于，那些翻来覆去的检查（抽血、化验、CT、心电图，如此等等），让患者的畏惧感层层加深，慢慢失去了和疾病斗争的信心。生死只在一念间——咬牙坚持，或许还能活；主动放弃，往往就意味着死。

东成大哥依旧在牌楼养老，两个儿子都搬到了城里。和牌楼的父辈们一样，东成大哥始终舍不下那几亩薄田，丢不开那栋看上去还很气派的房子。土地和房子都是搬不走的，是不动产，也是无法抛弃的根。一生的辛劳都在这里了，谁也不舍得轻易放弃。

父辈们守着的，其实不是一座空荡荡的村庄，而是一路繁霜的人生历程、记忆和情感。儿时的田园景象消失了，残存的，只有贫瘠的土地（良田已经抛荒），营养不良的稼禾（油菜、棉花和小麦，水稻只种一季），村口的小河已经断流（淤塞着各种生活垃圾），那口比我还老的水塘里，常年漂着一层绿釉。村头那条小河，原本绿水长流，儿时的盛夏，小伙伴们时常下河游泳，口渴了，低头猛喝几大口，没有人拉肚子，也没有人生病。冰封的寒冬，乡亲们从河里凿冰取水，担回家，洗脸、烧锅、刷碗。门前的水塘一亩见方，曾二爷在塘里种了藕，荷叶田田，鱼游浅底，还有一种野生的小米虾不甘寂寞，时常"叮咚"一声，惊起绿色的涟漪。塘埂下面砌着几块青石，大姑娘和小媳妇在这里择菜、淘米、洗衣服，塘埂上站着一排胳膊粗的白桦树……这一切，如今都消失了。曾几何时，牌楼慢慢荒凉，一座座房屋失于修缮，成了老鼠、黄鼠狼、壁虎、蜈蚣和蛇的巢穴。一批又一批年轻人远走他乡，父辈们坚守一生的牌楼，已经沦为一座空村。牌楼在册的常住人口原有一百三十三个，如

村头那条小河，原本绿水长流，儿时的盛夏，小伙伴们时常
下河游泳，口渴了，低头猛喝几大口，没有人拉肚子，也没
有人生病。冰封的寒冬，乡亲们从河里凿冰取水，担回家，
洗脸、烧锅、刷碗。

今还不到三十个，主要是空巢老人、留守妇女和学龄前儿童。

2009年，村民们用上了井水，井水幽凉，喝起来有些涩嘴，水瓶底上，时常铺着一层食盐似的白色颗粒。2014年春节，我在牌楼住了五天，皮肤干涩，面部蜕皮，胳膊上生出了三五成群的丘疹。在生我养我的牌楼，我居然"水土不服"！怎么会"水土不服"？坐诊的是一位胖胖的女医生，皱着眉头，脸上堆满了厌恶的表情："什么叫水土不服，你可懂啊？简单点说，就是自然环境变了，不适应……"我无法接受，这才几年啊？生我养我的牌楼，自然环境已经变了！医生的诊断当然是对的，表象上的变化我能看见，深层次的变化呢？

比如地下水。我不知道牌楼的地下水有没有被污染，也不知道具体的污染指数。几十年了，没有一个部门进行过环境检测，现如今，即便乡下的癌症患者突然多了起来，也没有人关注乡亲们的生存环境。乡亲们虽然疑惑，但都没有证据，按照"谁主张谁举证"的原则，乡亲们完成不了举证这项壮举。

2015年2月，同事采访了这样一起环境污染事件：老汪家吃的是井水，春节前，井水突然变了味，颜色浑浊，闻上去有一股淡淡的咸味。老汪的房子前后两进，临山而筑，五百米远的山坡上有一家金属材料厂。老汪怀疑，就是这家专门在夜里生产的金属材料厂污染了地下水。老汪在环境监测站里找了一个熟人，对井水做了鉴定。结果显示，其中三项指标超出饮用水水质的最低标准，尤其是氯离子和砷含量，分别超标五十一倍和一百一十七倍！然而，职能部门并不认可这种未经授权的检测结果，企业更不承认。对于媒体突然来访，职能部门闪烁其词，地方政府推三阻四。职能部门和地方政府给出了同样的理由——对于这种招商引资进来的企业，没有当地宣传部门的许可，他们不能擅自接受采访……同行的摄像记者刚出大学校门，无法接受这种冠冕堂皇的说辞，他试图进入那家金属材料厂，但两名手持电棍的保安将他挡在铁门外面，态度强硬，扬言要砸掉摄像机。"你敢？"年轻气盛的摄像拍打着铁门。"你试试，看老子敢不敢！"眼见冲突即将升级，同事赶紧拽住摄像，两名保安这才骂骂咧咧着，扬长而去。

采访无疾而终，其实，这样的结果早在我们的预料当中。老汪一家不得不批来一桶桶矿泉水，用矿泉水洗菜和做饭，用井水洗衣、洗碗。居民们开始背井离乡，有的投亲靠友，有的只能在集镇周边租房子。不难想象，这座名叫"汪家集"的自然村，最终必将走向衰亡。大地深处，匍匐着无数个类似的寂寂无名的村庄。

三

2009 年 4 月，《凤凰周刊》讲述了我国百处癌症高发地。同年，华中师范大学研究生孙月飞在题为《中国癌症村的地理分布研究》的论文中指出："据资料显示，有一百九十七个癌症村记录了村名或得以确认……中国癌症村数量应该超过二百四十七个，涵盖中国大陆的二十七个省份。"2013 年春，一张由公益人士制作的"中国癌症村地图"（China Cancer Village Map）在互联网上热传，图中"中国癌症村"的数量被认为超过二百个，每年的死亡人数约在一百五十万（数据来源：武警北京市总队第三医院肿瘤科）。

每年，一百五十万人死于癌症！面对这个触目惊心的数字，我久久无法平静。在地方经济发展和环境污染博弈的进程中，这个数字或许还是保守的，实际的"癌症村"数目以及年死亡人数，或许更为触目惊心。这些所谓的"癌症村"，病变源于诸多污染，像工业污水、生活污水、农药和化肥，或许还要加上不再洁净的空气——经常光顾的雾霾。私家车的数量以几何级数攀升；城郊接合部，一根根黑烟囱乌云翻滚。十年前，牌楼隶属的小镇来了一家大型水泥厂，噩梦随之来临，附近的村民白天不敢开窗户，味道呛鼻子，喉咙有灼烧感；夜里睡不安稳，机器彻夜轰鸣……水泥厂投产第二年，周边的庄稼开始减产，近处的禾苗都烂了根；第四年，田畴沉寂，水蛇死了，青蛙死了，泥鳅死了，稻子不抽穗，小麦不扬花……村民们慌了神，找水泥厂交涉，迫于各方压力，水泥厂提出这样一个解决方案：五十岁以下的成年男性自愿进厂，做临时工，按月拿钱，不签合同。在经济利益的诱惑下，村民们忍气吞声，最终选择拿钱买命。我们当然有理由怒其不争，但静下心来想一想，这群失去土地又身无长技的村民，还有其他的选择吗？

前几年，水泥厂附近的一个村子，十多位村民先后患上癌症，以肺癌居多，其次是食道癌和胆囊癌，患者都不到六十岁，都在水泥厂里打过工。水泥厂附近的另一个村子，七八位村民先后患上尘肺病。这些苦苦挣扎的乡亲，同我堂哥一样，辛辛苦苦熬了大半辈子，到了终于能够松一口气、安享晚年时，凶恶的疾病突然降临！没有人为他们买单，还会有更多的人因此而牺牲——短期内我们根本无法消除污染源，更可怕的是，被污染的环境和生态，往往长时间无法逆转，因为我们还没有找到一种有效的治理地下水污染的技术，也无法承受昂贵的地下水治理成本。

"时代的一粒灰，落在个人头上，就是一座山。"有资料显示：在个别大中城市，恶性肿瘤已经超越心脑血管疾病，成为第一死亡原因。恶性肿瘤攻击的不仅是城市，在乡村，恶性肿瘤其实更加致命。有人预言，十年后的中国，三大癌症将会困扰每一个家庭，肝癌、肺癌、胃癌——肝癌，是因为水；肺癌，是因为空气；胃癌，是因为食物。雪崩来临时，没有一片雪花是无辜的。这个预言有些危言耸听，但面对这场或将来临的危机，我们每个人都应该深刻反省。

四

前天夜里，我毫无预兆地梦见了堂哥（愿堂哥在天堂里安息），他躺在病床上，裸着上半身，挥舞着树枝一样干枯的手臂，似乎是在骂人……我和天宝站在床边（洁白的棉花一样柔软的床单），束手无策，面面相觑。在堂哥的骂声里，我注意到他的胸腔已经塌陷，像一小块幽深的洼地……醒来后，我久久无法入眠，披衣下床，但见东方欲晓，一两颗星星，挂在高远的天边。

尘埃里的花朵

一

　　第一次听说林花病重的消息，我不敢相信。她才二十三岁，和我侄女一起上小学、上初中，最终在合肥上了一家电脑培训学校。电脑培训学校的门槛非常低，许多乡下女孩眼巴巴地跑了来，以为能掌握一门技术，借此安身立命。毕业时她们才茫然地发现，那点"三脚猫"的功夫根本不值一提，那封轻飘飘的"就业推荐信"，其实没有任何作用。毕业之后，林花就带着那封自欺欺人的"就业推荐信"跑了两个月的人才市场，看起来到处都是机会，但每一个机会她都抓不住。头破血流之后，林花终于醒悟了过来，所谓的"就业"，就是找一个自己能端稳的"泥饭碗"，而不是找一份体面的工作。面对残酷的现实，这个从牌楼走出来的花季少女，将自尊一寸一寸地逼进尘埃里。她

214

先后做过保姆、营业员、超市导购、前台迎宾，最后在亲戚的引荐下，进了南京的一家缝纫厂。缝纫厂里，她能做什么呢？她是家里最小的女儿，受宠惯了，甚至没有拿过缝衣针。

在牌楼，提前辍学的少女基本上和林花一样，急不可耐地冲出父辈们留守的牌楼，争先恐后地远走他乡。许多人我都没有见过面，劈面碰上觉着面熟，仔细分辨又不认识，身后追着一个胖小子……字正腔圆的孩子欢天喜地，吵着要去看牛，水牯牛，奥特曼一样长着两根长长的大弯角。我很好奇，哪里还有水牯牛呢？任劳任怨的水牯牛，已经从田野里消失了。母亲非常茫然，又不想失信于孩子，正左右为难，见到我这个生人，忽然就有了借口："看见没？水牯牛，都被这个叔叔买走了……"她在自己的谎言里笑了，我却笑不出来，更年轻的一代牌楼人，居然连水牯牛都见不到了！

更年轻的一代牌楼人都离开了牌楼，举家迁到了外地。病中的林花是唯一的例外。去年六月，林花忽然急剧消瘦，双腿无缘无故地浮肿，更明显的症状是，食欲不振，小便量持续减少。缝纫厂附近有一家小诊所，坐诊的医生几乎没有检查，就给林花开了两盒肾炎方面的口服药。既然两盒口服药就可以对付，年轻的林花也就没有放在心上。林花那时候已经升到一个初级管理岗位，虽然依旧"三班倒"，但每个月可以休息四天，每个月还有两百块钱的岗位补贴。林花珍惜这样的机遇，如果能够再升一级，她就是正儿八经的"干部"了，不需要"三班倒"，工资也更高。这是无数打工者梦寐以求的一级，这一级意味着脱胎换骨，从蓝领到白领。拼命表现努力工作从来没有请过一天假的林花哪里会想到，就在青春终于有了一线亮色时，命运竟和自己开了一个天大的玩笑。拖到去年年底，林花终于撑不动了，到南京一查，哪是什么肾炎啊，是尿毒症！

尿毒症，林花其实并不陌生。2011年元旦，在和尿毒症斗争四年多之后，我母亲在锥心蚀骨的疼痛中离开了人世。久病成良医的牌楼人第一次知道，世上竟有这么一种奇怪的病症——浑身浮肿，小便排不出来，呕吐，犯恶心……对付尿毒症只有两条路，一条是透析，一条是换肾，但两条路都不平坦，两条路都有可能通向死胡同。拿到诊断单的那一刻，林花的世界塌了下来，周遭都是黑色的，一眼望不到尽头。她不得不按照医生的安排，住院透析，准备换肾。林花谋生的那家缝纫厂不允许长期请病假，和"林花"们对应的，只是流水线上一个个固定的工种，一个萝卜一个坑。林花既没有保险，也没有合同，在那间密不透风的庞然大物里，林花只是一根不能生锈的螺丝钉。一群永不生锈的螺丝钉，病魔，是她们共同的敌人。无奈的林花只好主动辞职，带着凶险的疾病和未卜的命运，重新回到生她养她的牌楼。也只有牌楼还能接纳林花，她像母亲一样逆来顺受，毫无怨言地抱紧每一个背叛的儿女，用荒凉的胸膛，温暖着一个个受伤的灵魂。那时候，林花的父亲还在张家港打工，这个过早佝偻的中年汉子，无法接受这猝然的命运，他整夜整夜失眠，头发落了一千根。他原本没什么烟瘾，现在一天抽两包，三块五一包的"红三环"，最便宜的那种。他递一支给我，我不好拒绝，劣质的烟草味像一把火，瞬间冲上我的喉咙。我强忍着，悄悄起身，在后院一个不被人注意的角落里，掐灭了烟头。我回牌楼那天中午，老两口刚从安庆回来，为了给林花做透析，他们每周要跑两次安庆。"老两口"其实刚到五十岁，在牌楼，五十岁还没资格享福，五十岁还是年轻的后生。但林花的父母确实已经很老了，那么苍凉的老态，我无法形容。

我看到了病中的林花，久违的林花。记忆里的林花，还是一个扎着羊角辫子的胖乎乎的小姑娘。"二十三岁的林花还没谈过恋爱，"侄女说，"她的接触面太窄了，没有条件谈恋爱，她也怕谈恋爱，怕拥抱，怕接吻，怕腆着十个月的大肚子……"现在，不必再怕了，她在病中，已经失去了恋爱的机会和可能，委顿的青春，覆盖着死亡的阴影。靠在和暖的春光里，她的病容令人心疼。她太瘦削了，衣服套在身上，整个大了一号，看不出少女的腰身。她原本是爱美的，和侄女一样爱美，喜欢"美图秀秀"，在个人空间里，羞涩着收获小小的赞美，满足着小小的虚荣。我没有看过她的"美图"，每周两次的透析，已经撕裂了她的人生——青春和老屋一样黯淡，笑容和平畴一样荒凉。我不知道怎么安慰她，对她来说，我只是一个路过牌楼的陌生人。她主动将自己低到尘埃里，不轻易开口，也不愿意见人，即便是面对自己的"发小"，她也不愿意敞开自己的心扉。她对我侄女说："你好忙吧？你还来看一个等死的人……"她才二十三岁，但已经看见了余生——"等死"——没人能接受这残酷的命运。但她看上去是平静的，站在门外，绞着双手，眼眉低垂，说这句话的时候，脸上甚至浮着一丝笑容。暮春三月，草长莺飞，她的笑容令我浑身发冷。屋后就是巢山，清明祭扫的鞭炮声起起落落，山腰上聚拢着一团一团湖蓝色的烟雾。这人间的烟火景象我暌违已久，置身其间，我神思恍惚，不知今夕何年。

二

　　为了给女儿治病，林花父母不得不回到牌楼。两个月治下来，他们终于信了医生的话，透析是个无底洞，如果继续治疗，只有尽快换肾。林花父亲在安庆、合肥、南京等地找了十几家医院，总没有合适的肾源，费用最少也要八十万元。在合肥，八十万元只能买一套几十平方米的房子，但在牌楼，八十万元是一个天文数字。老两口没有放弃，他们都想到了自己的肾，提前佝偻的父亲已经不合适了，母亲于是带着林花去了南京。这一次检查，老两口刚刚燃起来的希望之火又熄灭了，林花的病情持续恶化，母亲的身体条件也不允许。在周而复始的日常劳作里，这个五十岁的农村妇女，已经患上一大堆基础病。"那你得抓紧看啊，"我说，"小毛病，不要拖……"她几乎跳起来："那有什么看头哦！没名堂的，医院就是想搞你的钱。"我苦笑着，心里有些吃惊。记忆里，她性格开朗，爱唱黄梅戏，做得一手好女红——村里新生儿的虎头鞋，基本上都是她做的，讲究的老人还会请她做一双新布鞋，留着将来上路穿。我不知道她有没有读过书，想来是读过的，她给大女儿绣过一幅"观音送子"，右下角绣着女儿女婿的名字。

我尴尬地看着林花的父亲，他一言不发，仿佛本该如此。我醒悟了过来，我离开牌楼已经二十年了，牌楼还是那个牌楼，有一些传统已经消失了，另一些传统留了下来，渗进牌楼人的骨血里，成为难以磨灭的标记。基础病有什么呢？在牌楼人的生存法则里，基础病不值一提，也不能提，谁要是不小心说漏了嘴，背后会被人骂死的——"现世报，搞什么鬼名堂哦，偷懒呢！"这个评价严重了，庄稼人怎么可以偷懒呢？不务正业了，和游手好闲是一个意思！身体是"小道"，名声是"大道"，没人背得起这个骂名，于是都沉默了。沉默的牌楼，扛着一身难以启齿的病。

扛着扛着，终于有人扛不住了。我的记忆里，牌楼最早的逝者应该是朱本生，三十几岁，一个虎背熊腰的庄稼人，在睡梦中猝死；其次是三娘，起夜，黑灯瞎火的，一个趔趄，从此不省人事；再往后是五叔，牌楼第一个糖尿病人，扛到尿血的地步终于扛不住了，躺在床上等死……接踵而来的是一批癌症病人，贤文、治国、东成大哥、春明大婶……还有一些逝者，甚至不知道自己的病因。

2011年，刚退休的东成大哥同时患上食道癌、胃癌和肠癌，好在都是早期，手术也异常顺利。谁能想到呢？东成大哥病愈才两年，老妻又病倒了，跑了好几家医院，都说是晚期，治疗已经没有意义。上山祭扫时，路过东成大哥的后屋，大难不死的东成大哥坐在稻场上，端着海碗。人高马大的小媳妇靠在门框上，端着海碗。东成的老妻真是作孽，下半身毫无知觉，趴在床上，屋子里弥漫着浓烈的尿臊味。两个媳妇轮流给她擦洗，戴着口罩，一走出房门，就跑到远处一阵狂吐。奇怪的是，东成大哥居然毫无反应，他进进出出从来不戴口罩。没人知道她患了什么病，但她就要死了，这一点大家都能笃定（2015 年 6 月，东成的老妻在撕心裂肺的叫喊中离世。愿她安息）。

牌楼健在的患者当中，林花并不是最不幸的人，但她是最年轻的一个，这是她最大的不幸。偏偏又读过几年书，见过世面，这使她愈发不甘认命。认命是牌楼人的生存法则之一，"医生看不好要死的病""黄泉路上无老少，哪里的黄土都埋人"。林花的母亲痛心疾首地絮叨着："我前世作了什么孽哦，小丫头怎么就得了这号的病！"关键是"这号的病"还可以医，正在医着，等着他们的，是绝望的无底洞。为了给女儿换肾，林花的母亲给远在长春打工的儿子打过几次电话。电话那头的儿子闷声闷气地回应说："换肾，换肾，你一天到晚就知道换肾！"母亲无可奈何，赔笑说："不换肾怎搞呢？你忍心看着你妹妹等死啊？"儿子沉默着，电话很快就挂了。说到这里，林花的母亲面有愧色，仿佛是自己做错了事情。我有些诧异，林花的父亲叹息了一声，苦笑说："怪也不能完全怪。在外面也吃苦，他还想再生一个……"我久久无法接话，巢山上的鞭炮声冲天而起，灌木丛中的硝烟，漫过层层叠叠的马尾松。"他"是谁？我已经忘了他的名字。前年春节我偶然见过他一次，七八个年轻人聚在院子里"推牌九"，他们叼着香烟，挥舞着钞票。有几个人我已经对不上号了，但还认得他，小我十岁，轮廓和神情酷似他父亲。我好奇地看着这群"衣锦还乡"的年轻人，都穿着光鲜的皮草，抽烟，赌博，一百元起步，赢的眉开眼笑，输的谈笑风生。没有人和我打招呼，也没有人给我让座。

时光荏苒，又一代牌楼人成长了起来，像平畴里那些营养不良的稼禾，有心播种，无力施肥，不问收割。留守的牌楼人已经不在意具体的收成了，儿女们都在外打工，有的连孩子都接走了，一年到头，多多少少总会补贴给老人。还能指望什么呢？没什么可指望的了。披麻戴孝的身后事，儿女们总归是要做的，这是牌楼人的道德底线，没有人敢轻易逾越。

林花的父亲最终打破了沉默，他前言不搭后语地絮叨了半天。最后我总算明白了他的意思，他希望我所在的媒体能帮林花募集一些费用，不换肾怎么搞呢？他看着别处，这么年轻，不忍心哎……我点了点头，忽然想起新型农村合作医疗，不是可以报销一部分吗？报是能报，他有些失望，但报不了多少，架不住搞啊！接着他给我算了一笔账，翻来覆去的，又怕我不相信，于是让林花出面做证。自始至终，林花一直靠在门框上，神态安详，面容平静，仿佛在说一件别人的事情。病中的林花大约已经习惯了父母的絮叨，在对未来的绝望里，她的父母亲，已经变成了"祥林嫂"。

临别的时候，老两口轮流捉着我的手："老爷，小丫头的事，还要麻烦你哎！"我别无选择，只好一个劲地点头。但我迟迟没有落实，我也不知道怎么落实。这些年，我所在的媒体每天都能接到类似的求助，确实有一些患者在我们报道之后得到了资助，但更多的报道石沉大海，无声无息。观众和我们其实都已经麻木了，像大街上那些乞讨者，没人敢确定，这一次遇到的，是不是一个真正需要帮助的人。庞大的乡土中国，还有无数个需要资助的人，面对这个庞大的群体，我们究竟该如何支配有限的爱心？实际上，类似的求助我们已经不报道了，除非特别典型。然而，同样都是患者，又有多少"特别典型"的呢？每一个患者其实都特别典型，他们的世界已经塌了。而每一个患者背后，都有一个千疮百孔的家庭。

这些话，我无法说给老两口，即便说了，他们也不会相信。对于老两口来说，林花是唯一的，是百分之百，但在庞大的乡土中国，无数的"林花"正等着救命。以器官移植为例，许多患者砸锅卖铁，终于筹够了足够的资金，但供与需之间的巨大差距，注定了有一大批患者，将在漫长的等待中走完余生。

三

清明前后，牌楼忽然多了些微妙的生气，绿叶如洗，哗哗哗，摇晃着绿色的瀑布。仲谋家的房子已经空了，大门上的链条锁生满了绿锈，像一条死蛇，门槛石上的灰尘，少说也有一尺厚。我已经很久没有见过仲谋，也很久没有见过其他小伙伴。牌楼已经老了，一栋栋废弃的老屋，周遭长满葳蕤的杂草。没有狗吠，也没有鸡叫和猫叫……荒凉的小村像临终前的母亲，最后一刻的安宁，时常将我从梦中唤醒。

回合肥的路上，我涌起一丝莫名的悲伤。我刚离开，却又开始怀念——我想起那些骤然消失的脸，绵延的金黄色的油菜花，那么清澈那么丰腴的江家大塘……岁月深处，儿时的牌楼已经消失了。我知道，和我的牌楼一样，大地上还有无数座疼痛的村庄，我痛着她们的痛，心有余而力不足。如今，我一年只回两次牌楼，一次是清明，一次是冬至，除了在田间村头拍一些照片，我不去打扰任何人。和年轻的一代牌楼人一样，我也是一个背叛故乡的游子，牌楼，我们都回不去了。卧在疾驰的汽车里，我写下这样一首短诗——

> 出门的人再也无法回来
>
> 就像一张张突然消失的脸
>
> 还有谁，愿意看守一座荒凉的村庄
>
> 日出而作，日落而息
>
> 就像那只失踪的水牯？
>
> ……

乡村响铃

李巧梅

我一直记得那年九月，那个捏着手机久久不放，号啕大哭的孩子。

她八岁了，一年只能和爸爸妈妈见一次面，每一次见面，都不超过十天。在那一年只有一次的十天里，爸爸妈妈寸步不离地带着弟弟，喂弟弟吃饭，带弟弟一起睡觉，她只能坐在锅洞旁边，帮奶奶添柴，烧锅。她妒忌弟弟，甚至生弟弟的气，爸爸妈妈走后，她故意不理弟弟，弟弟要是凑上来，她也是凶巴巴的。弟弟比她小四岁，她上学时，弟弟留给奶奶，她放学回来，就要带着弟弟……在西堤教学点一棵皂角树下，她吞吞吐吐地描述年幼的弟弟、年迈的奶奶、常年在外打工的父母。她二年级了，但她不知道父母在哪一座城市，也不知道他们在做什么事，更令我意外的是，她甚至不记得父母的样子……她记得，正月初四那天，妈妈到县城，和小姨娘一起烫了一次头发。爸爸呢？爸爸喜欢抽烟，"哈德门"的，她在村头的小卖部里帮爸爸买过这种牌子。就这些。她无法再进行更多的描述，晶亮的泪花像黎明前的露珠，挂在长长的睫毛上。

要不要给妈妈打个电话？她是想的，但她不知道妈妈的电话号码。爸爸妈妈偶尔会给奶奶打电话，但她和弟弟从来没有单独接听过，一听到爸爸妈妈的声音，他们就把电话递给奶奶，让奶奶汇报他们的生活和学习情况。对姐弟俩来说，电话里的爸爸妈妈太陌生了，他们无法开口表达自己的思念。每隔两个月，奶奶会收到一张汇款单，那是奶奶的节日，她颤巍巍地走到村委会，递上自己的身份证，请村里的干部帮忙领钱。

第二天，奶奶会给姐弟俩烧一盘米粉肉，或者买一条鱼，炖一锅香喷喷的水豆腐。

她的家，离西堤教学点十六里，其中一大半是山路，要自己走。天蒙蒙亮，奶奶把她送到机耕路，看着她爬上"蹦蹦车"，寒来暑往，风雨无阻。那是一条艰难的求学路——雨季来临，山洪暴发，原本就很逼仄的山路完全消失了，奶奶只能背着她，胆战心惊地挪移，小心翼翼地试探。2011年腊月，大雪封山，奶奶顶风冒雪，守在雪地上接她回家。那一趟回家路，她和奶奶走了三个小时。到家时，天完全黑了，弟弟一个人站在雪地里，浑身冰凉，哭哑了嗓子。老人们都来劝，想着法子哄他，无济于事——"奶奶姐姐不要我了，我不听话，不是好孩子……"

她还不是离家最远的学生。西堤教学点只有六个学生，四个上一年级，两个上二年级，全都是留守在家常年见不到父母的孩子。只有一个老师，余卫国，五十六岁了，教语文，也教数学。按照规定，教学点还应该开设英语和美术，但这两门课程，余老师都力不从心。学生早年还有四五十人，老师最多的时候有四个，但教学点太过偏僻，交通不便，离最近的小镇也有五十多里。只有余老师一个人留了下来，默默坚持了三十多年。准备干到退休吗？那肯定到退休。余老师有比较严重的胃病，低血糖，课间时常眩晕。

　　这几年，适龄儿童大为减少。大部分适龄儿童和父母一同外出，入读农民工子弟学校，有的举家迁到山外，就近入学。但只要还有一个学生，西堤教学点就不能关门。余老师很无奈，教育资源分配上的不均衡，对于散养在大山里的孩子们来说，是最大的不公。这些散养在大山里的孩子已经输在起跑线上，他们中的绝大多数止步于初中毕业，考不上高中。对于留守在家的老人来说，孩子们野惯了，要有一个人帮忙管一管，让他们收收心，认几个字，至于学习成绩，老人们大多不太关心。

　　余老师发明了一套新的教学方式，一天只上三堂课——上午语文，中午体育，下午数学。一个年级的学生上课时，另外一个年级的学生就在教室外面自娱自乐。体育课只有三项内容，踢毽子、跳绳、老鹰捉小鸡，每一次，余老师都参与其中，陪着孩子们。看得出来，孩子们都很喜欢余老师，一下课，他们就缠在余老师周围，追逐着，打打闹闹。一个小女孩对我认真地说："他不是老师……"我很诧异："他是谁啊？""他是我爸爸！"我恍然大悟，原来她是余老师自己的孩子。"不是！爸爸经常抱我……"余老师站在小女孩的身后，爸爸一样慈爱地笑着。

那个小女孩，只有五岁半。父母都在浙江打工，因为躲避计划生育，三年了，没有回来一次。

那个想打电话的孩子，叫李巧梅。感谢余老师，他保存着每一位学生家长的联系方式，我不知道这是否属于一项硬性规定，我更愿意相信，余老师这是以防万一。教学点位于大山深处，四周青山环绕，绿水长流，余老师亲眼见过旁若无人的野猪和闲庭信步的獾子。茂竹秀林的青山，已经被外出谋生的乡亲们遗忘了，现在的青山，是野生动物和鸟类的天堂。我不知道这样的遗忘还要持续多久，但在那个清凉的下午，我感谢这样的遗忘。

我拨通了李巧梅妈妈的电话，第一次无人接听，第二次无人接听，第三次终于通了，一片嘈杂。我按下免提说："李巧梅想和你说话，你稍等啊。"电话那边一阵沉默。李巧梅理了理零乱的刘海，羞涩地笑着，双手接过我的手机。

"巧梅，说话啊？"

巧梅没有说话，捧着手机，抽泣，一大串泪水滚了下来。

"你没什么事吧？没事我挂了啊，这会好忙！"

"妈妈——"

电话已经挂了。我不知道，电话那头的"妈妈"，忙于生计的"妈妈"，有没有听见女儿的叫喊。我估计没有听见，电话那头，机器轰鸣，人声嘈杂。其实，听见又能怎么样呢？依然要挂断电话。对于李巧梅来说，"妈妈"已经不是某个具体的人了，而是一个温暖的称谓，一种空落落的念想。

李巧梅低着头，蹲下来，号啕大哭。我不知道如何安慰这个受伤的孩子，余老师也是，他弯腰捡起一粒石子，向着远处的青山，用力扔了过去。

残年如水

下午五点，教学点就放学了。这是夏秋两季的放学时间，冬季，放学时间是下午四点。孩子们的家都很远，最远的一个，步行需要两个小时。余老师知道，孩子们的安全永远是第一位的，学习，只能退而求其次。下雪和山洪暴发的日子，余老师会亲自护送六个孩子，将他们一个个交到老人手里。

放学的时候，我和余老师带着李巧梅，去看她奶奶。一开始她不愿意，似乎还没有从妈妈的电话里回过神来。余老师将她哄进教室，一刻钟之后，她出来了，蹲进我们的采访车，还羞涩地叫了我一声"江记者"。一路上，李巧梅始终没有开口，车速过快时，会紧张地抓着车窗上面的把手。那是一条逼仄的机耕路，如果两车狭路相逢，两辆车子都动不了。所幸一路并无其他的车辆。半个小时之后，车子驶进一座山坳。九月，青山滴翠，山坡上开满颜色奇异的野花，不知名的野树兀自挺立，山脚下，摇曳着一人多高的茅草。李巧梅熟练地拨开了一条路，走在前面，我和余老师被她远远地丢在身后。

山路崎岖不平，其中很长一段，夹杂着细碎的石块。李巧梅一学期要走烂一双布鞋，李巧梅的奶奶，在路上摔破过膝盖、胳膊和额头。这些倒在其次，余老师最担心的，是山里的毒蛇。有一年暑假，十几个大学生组织了一支野外科考队，请余老师做的向导，科考结果显示：青山至少有七种毒蛇，最多的是竹叶青，其次是蝮蛇。我吓出一身冷汗，蛇是我的天敌，哪怕是那种无毒的水蛇，我也会噩梦三五天。余老师有些意外，他急忙叫住李巧梅，反复征求我的意见。既来之，则安之。一番思虑之后，我们继续上路，这一回，余老师让我走在正中间。

下山的时候，一个满头白发的老人迎面而来，拄着拐杖，站在路边。老人穿着一件水蓝色的对襟褂子，裤子是黑色的，仿佛是老布，风吹着，两条细腿像两根芝麻秆。李巧梅远远地叫了一声，老人疑惑地看着我们，半天没有反应。直到我们走到她跟前，她才捉住余老师的手，咕咕噜噜着，是我一句也听不懂的方言。"这是省里来的，电视台的记者。"余老师凑近她的耳朵，大声重复了两次。老人急忙向我鞠躬，作揖。我大惊失色，上前扶住老人。她一只手比画着，另一只手腾出来，用袖子抹起了眼睛。

老人只有六十七岁，但她的腰已经弯了，眼睛老花，还有些耳背。跟在老人身后，我一次次想起生我养我的牌楼，驾鹤西去的母亲，以及那些看着我长大的弯腰驼背的老人。那些乡下的老人，晚年大多是相似的，无人照料，生活困苦。他们长年累月地守着一座荒凉的村庄，守着一群亲情长期缺位的孩子。

李巧梅的家，建在一座石拱桥后面，这座石拱桥周围，就是村民们原本赖以生存的平畴。和牌楼的平畴一样，它们荒凉着，平畴间起伏着几点零星的绿色，田埂上杂草葳蕤，远处，芦花正白头。

三间砖瓦房是去年才盖的，屋顶上铺着琉璃，杂石墙上，水泥已经斑驳。远处，一群孩子围在一棵银杏树下，裸着黝黑的上身，玩弹子（我的童年，也有这种古老的游戏）。李巧梅喊了一声"橙子"，一个瘦弱的小男孩站了起来，裸露的上身披满夕阳。

屋子里的陈设非常简陋，没有冰箱，没有洗衣机，唯一的电器是一台黑白电视机，摆在堂屋中间的案几上，灰尘积了五六寸。一百根电线飞檐走壁，像一条条风干的蛇皮。屋后又搭了一间铁皮棚子，一家人的厨房，李巧梅在其间生火，和奶奶一起准备晚饭。橙子安静地坐在门槛上，一言不发，给我们一个单薄的后背。老人佝着腰，进进出出，一会摸出半袋黑木耳，一会掏出两只土鸡蛋。我和余老师在堂屋里闲聊，玩弹子的孩子们渐渐散了，其中两个留了下来，附在橙子耳边悄悄嘀咕，不明所以地大笑。晚饭上来了，奶奶拉亮了白炽灯，大约只有十五瓦，灯线从屋顶上垂下来，浑身乌黑，挂满蜘蛛网和一两斤灰尘。蒸鸡蛋、青椒炒鸡蛋、黑木耳、咸菜浇辣酱。"就这些了，不知道你们来，家里也搞不出什么菜。"老人比画着，有些难为情。李巧梅站在奶奶旁边，埋着头，绞着手，刘海都是潮的。这个懂事的孩子，已经提前操持起了家务，只是青椒炒鸡蛋实在太寡淡了，大约忘了放盐。我和余老师都没有说破，不忍说破。橙子只吃蒸鸡蛋，奶奶将蒸鸡蛋舀到碗里，将米饭拌成了糊状。他蹲在门槛上，不肯进来，奶奶只好坐在门槛上喂他。

他只能吃完小半碗米饭，奶奶于是坐在门槛上接着吃，不时让余老师招呼我多吃一些菜。李巧梅也没有上桌，她只撅了几小片木耳，夹了几大筷头咸菜。奶奶几乎只吃咸菜，半小碗米饭，夹了三筷子。那碗乌黑的咸菜我一直没有动，余老师也没有动，它们很可能已经坏了，散发出一股难以形容的怪味。但奶奶和李巧梅浑然不觉，津津有味。大约是在漫长的贫瘠时光里，她们的胃早已历经锤炼，早已习惯了各种腐烂和霉变。晚饭之后，李巧梅刷碗，奶奶终于坐上餐桌，抱着橙子，陪我们聊天。

下面这段话，是余老师后来翻译给我的，我听不懂皖南山区的方言。

李巧梅的父母都在重庆，爸爸是个瓦匠，妈妈在一家水泥搅拌站里干粗活，两个人隔得很远，两个人都忙，都没有星期天，一个月难得见一次面。去年，爸爸想把弟弟带走，在重庆上幼儿园，奶奶舍不得，妈妈也不放心，就还搁在家里。带走是迟早的事，李巧梅还留给奶奶，一来是为了让奶奶有个伴，二来，两个孩子的学费和生活费，夫妻俩也负担不起。为了这三间砖瓦房，家里还欠着四万多块钱的外债。四万多块钱是一笔巨款，有个小病小痛的，老人从来不告诉儿子。乡下的老人大多如此，有病先扛着，等到扛不动了，儿女们自然要回来收尸。村里有个老妇人，和李巧梅家沾着点亲，八十三岁了，一个人躺了半个多月，在床上便溺。隔三岔五也有些接济，但杯水车薪，解决不了根本问题。一日三餐已经不重要了，那些寒凉的夜晚，老人孤苦地躺在黑灯瞎火里，在漫长的绝望中，等死。老人有三个女儿，一个嫁在歙县，另外两个女儿常年在外打工，很少回来，两个儿子都是油漆工，在外搞装潢，一年回来一次。老人显然已经不久于人世，然而五个子女，村民们都没有联系方式。

老人死于一个寒冷的冬夜，就要过年了，尸体搁了半个多月，虽然大门紧锁，但孩子们晚上都不敢出门，庄子里弥漫着死亡的气息。大年三十，两个儿子终于赶了回来，当晚就草草收了尸。

老人的遭遇，让李巧梅的奶奶冰凉彻骨，愈发担心自己的身体。她不愿意像那位老人一样，在孤独中悄然离世，她希望能够风风光光地死，希望儿子张罗张罗，体体面面地替自己办一场丧事……

我一下子想到郭老七，巢山小学代课教师。郭老七被人发现去世时，遗体已经臭了，老人们始终联系不上他在合肥工作的儿子。无奈之下，老人们集体凑份子，置了一口薄棺材，料理了他的后事。今年正月，给母亲上坟，郭老七的坟包已经塌了，露出一口空洞，几根白森森的骨头散落在四周，看上去有些瘆人。郭老七的遭遇突破了牌楼人的底线，颠覆了牌楼人固守多年的伦理。牌楼人原以为，养儿不能防老了，还能送终，现在，居然连送终都不能了！

即便如此，老人依旧只能守在贫瘠的乡下，守着几亩薄田，荒凉的老屋，嗷嗷待哺的孩子。孩子的生活费就是老人的生活费，如果连孩子都不让你带了，那老人唯一的出路，或许就是死。

残年如水。李巧梅的奶奶只有六十七岁，但她有着八十七岁的老态，说着说着就打起了瞌睡。昏黄的灯光下面，橙子歪在奶奶的胸口，已经睡着了。他只有四岁，光着上半身，个头明显比同龄人矮了一小截。自始至终，我没有听他说过一句话，他的安静与沉默，让我担忧到现在。

猪圈里的精神生活

皖南山区，天黑得比山外早。山区的夜路非常难走，虽然准备了手电筒，但余老师还是决定，陪我在李巧梅家里过一夜。

九点钟不到，李巧梅一家三口就睡了。村子里几无人声，偶尔响起一两声狗吠，一千只蚊子，在我们身边乱飞。我没有睡意，想在村子里走走，余老师于是打着手电筒在前面带路，我小心翼翼地跟在他后面。

终于适应了黑暗，一抬头，忽见银河满天，无数星辰挂在树梢上面，仿佛一伸手，就能够揽进怀里。山区昼夜温差大，此时大地已经凉了，夜色如水，荡漾在村子里。深一脚浅一脚地走着，面前忽然站起一幢楼，上下都是暗的，铁门上挂着一串长长的铁链子。光柱下的铁链子像一株水草，闪烁着寒凉的色泽。余老师的手电筒没能叫醒房子，却唤醒了一只狗，它从黑暗里冲出来，汪汪汪，一阵沉闷的怒吼。我们打扰了它的睡眠，它大概从来没被吵醒过，因此出离愤怒。"哪个？哪个？"手电筒一阵乱晃，终于照见了一个矮小的老人，右手拎着一把菜刀，左手搭在眼眶上面，几乎光着身子。我和余老师这才发现，楼房旁边还有一间低矮的小房子，睡眼惺忪的老人就站在房子前面，又警惕又胆怯的样子。余老师已经认出了老人，他招呼了一声，老人也醒了过来，转身丢下菜刀，又麻利地套上裤子。

老人的孙子和孙女，曾经都是余老师的学生。前年夏天，大孙子到校填高考志愿，没想到填完后，竟淹死在城郊接合部的一口池塘里。池塘是高速公路拓宽施工留下来的后患——竣工后施工队伍就撤走了，没有人再管那口池塘，周边没有警示牌，更没有栅栏——那是一口吃人的池塘，每年都会夺走几条生命，都是疏于照管的留守儿童。家长反映过无数次，但那口深不见底的池塘依旧年年在吃人。

因为孙子溺亡，老人得罪了唯一的儿子，他不仅拒绝赡养，还将老人撵进猪圈，没有他的首肯，老人绝不能再踏进他的房子。面对儿子的无情，老人选择忍气吞声，他默默地忍受着儿子的惩罚，似乎只有这样，才能安心地了却自己的残生。老人是村子里唯一一个完全依靠田地生活的人，经营着四口人的田地，春种秋收，自食其力。

没人觉得有什么不妥，尽管老人已经七十多岁了。

低矮的猪圈，弥漫着刺鼻的尿臊味。四周的砖块都没有修饰，一块接一块粗暴地垒着，缝隙处的水泥砂浆已经脱落。唯一的装饰是一幅招贴画，上面只有一个十字架。余老师和我一样疑惑，他指着招贴画，和老人咕咕噜噜地交谈着。这时候老人竟然有些羞涩，他背对着我，声音矮了下去。

这一回，不用余老师翻译，我也能够肯定，这个被儿子撵进猪圈的老人，是信了"主"。"十字架"正对老人的床头，我相信，每晚入睡前，老人必熄灭唯一的灯盏，必双手合十，必祷告。猪圈逼仄而低矮，一张床，一张板凳，此外就是锅碗瓢盆。其他的生活物件，再也没有了，祷告，必是老人唯一的精神寄托。

乡下，许多老人都信了主，比如我的邻居明德大娘。明德过世后，儿子全家出门打工，空荡荡的房子里，只留下明德大娘一个人。我不知道明德大娘什么时候信的主，我知道时，她已非常虔诚。每到星期天，她都要步行十几里，到镇上的小教堂去做礼拜。明德大娘的糖尿病非常严重，但她不吃药，不打针，只是坚持祷告，并且风雨无阻，一直步行。我劝过她，该吃药的时候还是要吃药，该打针的时候还是应该去打针，她大不以为然，轻蔑地说：你不懂！

我确实不懂，但我可以确定，明德大娘的信仰，无关灵魂。那是乡村一种变异的宗教，从功利开始，以功利结束。明德大娘在教会里的那些兄弟姐妹，我大多能够对号入座——他们中间，有人长期饱受病痛的折磨，无钱医治；有人命运多舛，中年丧妻，晚年丧子；还有人孑然一身，转眼老之将至……他们久居困苦的乡下，漫长的岁月，一眼望不到尽头，苍凉的余生，只能寄托于万能的主，只能在盲目的信仰里，为现世的苦难默默祈祷。去年正月，我和明德大娘闲聊，她居然谈起自己的来生，说她看见一只灰色的喜鹊……在我的乡下，喜鹊是一种寓意吉祥、进村入户而没有人驱赶的鸟。信主的明德大娘何以又信了轮回，甚至还看见了自己的来生，言之凿凿呢？太荒谬了！然而，面对神采飞扬的明德大娘，我只能装出深信不疑的样子，并且在心里默默地祝福她修成正果。

在乡下，老人们的信仰大体如此，一知半解的祷告，只为现世的病痛和困顿谋求解脱。从某种意义上说，"十字架"只是一个乌托邦，只要乌托邦在，老人们就能冲破无边的黑暗，以苍凉的祷告，慰藉伤痕累累的心灵和肉体。这是现实生活无法给予的部分，正因为无法给予，从来没有给予，老人们才坚定不移地信着——"主"。

猪圈里的乌托邦，让我涌起无限苍凉，更令我感到苍凉的是，老人和当年的明德大娘一样，居然一下子就挣脱了苦大仇深，简直是在手舞足蹈了。这个鼻宽唇厚、肩窄腿短的老人，突然间年轻了十岁，令我惊异万分。这个生活在皖南山区一座猪圈里的老人，和明德大娘一样，内心获得了同样的安宁。

新的一天

第二天一早，我和余老师还在做梦，李巧梅和奶奶都起来了，橙子还赖在床上。巧梅说，早晨天气凉快，他能睡到九点钟。

临走时，我塞给老人五百块钱，她推辞再三，泪眼婆娑，差点下跪。李巧梅红着脸，拎着书包，远远地站在大门外面。小村已经醒了，百鸟啁啾，鸡鸣树巅，地上堆满各种排泄物。我和余老师小心翼翼地选择着落脚点，有时不得不跳起来，以免踩着一坨坨鸟粪、鸡屎和狗屎。一条黑狗突然蹿出来，低着头，仿佛有些害羞。又一条花狗蹿出来，摇着尾巴，讨好地拱着黑狗的屁股。几个老人坐在路边的石凳上，捧着茶杯，忧郁地望着远处……

回到教学点，时间还不到八点。孩子们已经到了，在操场上相互追逐，有一个孩子在咬窝窝头，黑色的。一间孤零零的教室，一个巴掌大的小操场，一面颜色陈旧已经破败了的国旗。教室外面，走廊上挂着一口铜钟，余老师慢慢走到檐下，慢慢摇响铃声。孩子们涌了过来，上课了，皖南山区的西堤教学点，余老师和孩子们，一共七个，又开始了新的一天。

后　记

这是一次漫长的采访，我们先后走访了皖南山区十七个教学点，它们像大地上的一粒粒棋子，散布在泾县、绩溪县、宁国市、石台县、歙县、祁门县、黄山区和休宁县。令我欣慰的是，一些乡镇已经建立了"留守儿童之家"，实现寄宿制。个别"留守儿童之家"还配备了电脑室和阅览室，借助电脑，孩子们可以和常年在外的父母视频聊天。这多少是个安慰，最起码，孩子们不会忘掉父母的样子。

是啊，我无法想象一个孩子居然忘记父母的样子，也无法想象一个为生计所迫的母亲，居然忍心挂断孩子的电话，她的内心，究竟郁积着怎样的疼痛和苦难？它会爆发吗？我不知道。我唯一能确信的是：他们身后，是一座座营养不良的村庄；一个个缺少父爱和母爱的孩子，背负着难以释放的心理负担，终其一生，他们难以摆脱心理阴影，在老人无原则的溺爱和纵容里慢慢长大；还有那些晚景凄凉的老人，他们必将和村庄一起，在大地上慢慢消亡。

2012年5月6日，一个寻常的周末，在江西宜春，市区八十余公里外的一个小山村里，发生了一起惨绝人寰的悲剧，村民李细秀老人的五个孙子孙女，在池塘里溺亡，最大的，十一岁；最小的，只有六岁。呼救无济于事，村子里，没有一个能下水施救的年轻人……

李细秀老人的悲剧，在乡土中国并不是个案。多少老人在大地上呜咽，多少夭折的孩子沉睡在古老的大地上。然而，谁是下一个呢？我长久地怔在窗前，周遭众声喧哗。

无处安放的乡愁

　　昨夜晚归，我在一棵老桂下静默良久。霜降过后，桂花的香气都淡了，那种米酒一样醇厚的香气，像一位远行的老友。老家的院子里，也有一棵桂花树，它开花了吗？我不知道。

　　皖江北岸的牌楼，只有几个风烛残年的老人在留守，他们已经没有心力栽树了，和那些废弃的老宅子一样，在大地上慢慢衰老。

　　人到中年，我时常想起一张张褶皱密布的脸，他们一个个消失了，像一滴水，不易觉察地滚过枝头。他们看着我在牌楼长大，又看着我离开。我一次次写下他们的悲欢，是因为，没有人知道他们来过。他们带走了牌楼的情感和体温，带走了牌楼的呼吸和心跳。

　　我在牌楼生活了十九年，这十九年，造就了我的人生观、世界观和价值观。如今，蹉跎半生，牌楼，我再也回不去了。

清明和冬至，我总是来去匆匆，没有父母的老屋，炊烟不再升起，我是一个早生华发的客人。

在我，写作是对抗，也是救赎。

乡村是人类寻找并建造的第一个家园。这是一代人的集体乡愁，也是一代人共同的精神境遇。

所谓乡愁，是对乡村整体生态的缅怀，是从人到物，从山到水，承载着最初的情感与记忆。

所谓乡愁，是那些音容笑貌，青草池塘，是生命成长的重要参照。

人都是恋家的。家有多远，乡愁就有多浓。乡愁的实质，来自乡村与心灵的高度契合。

迁徙是人类社会的常态。无论是"低头思故乡"的李白、"散上峰头望故乡"的柳宗元，还是"西出阳关无故人"的王维、"少小离家老大回"的贺知章，都曾遥望苍茫，在异乡的大地上，回忆故人，怀念故乡……乡愁既是庞大的文学母题，也是中国传统文化的核心元素。

日暮乡关何处是？且认他乡作故乡。乡愁永在，田园将芜。

江少宾

2019年冬，蓝蝶苑